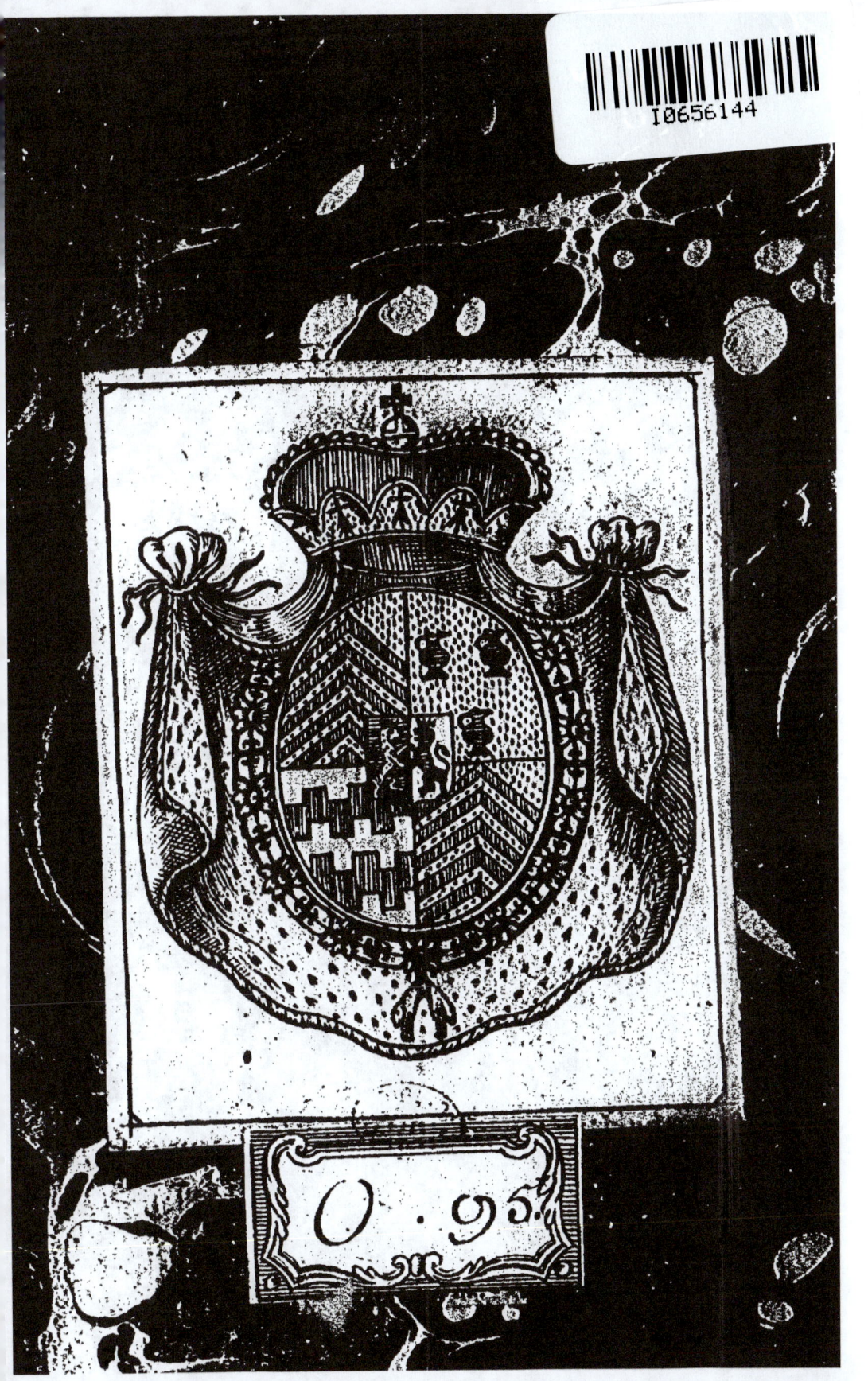

O . 95.

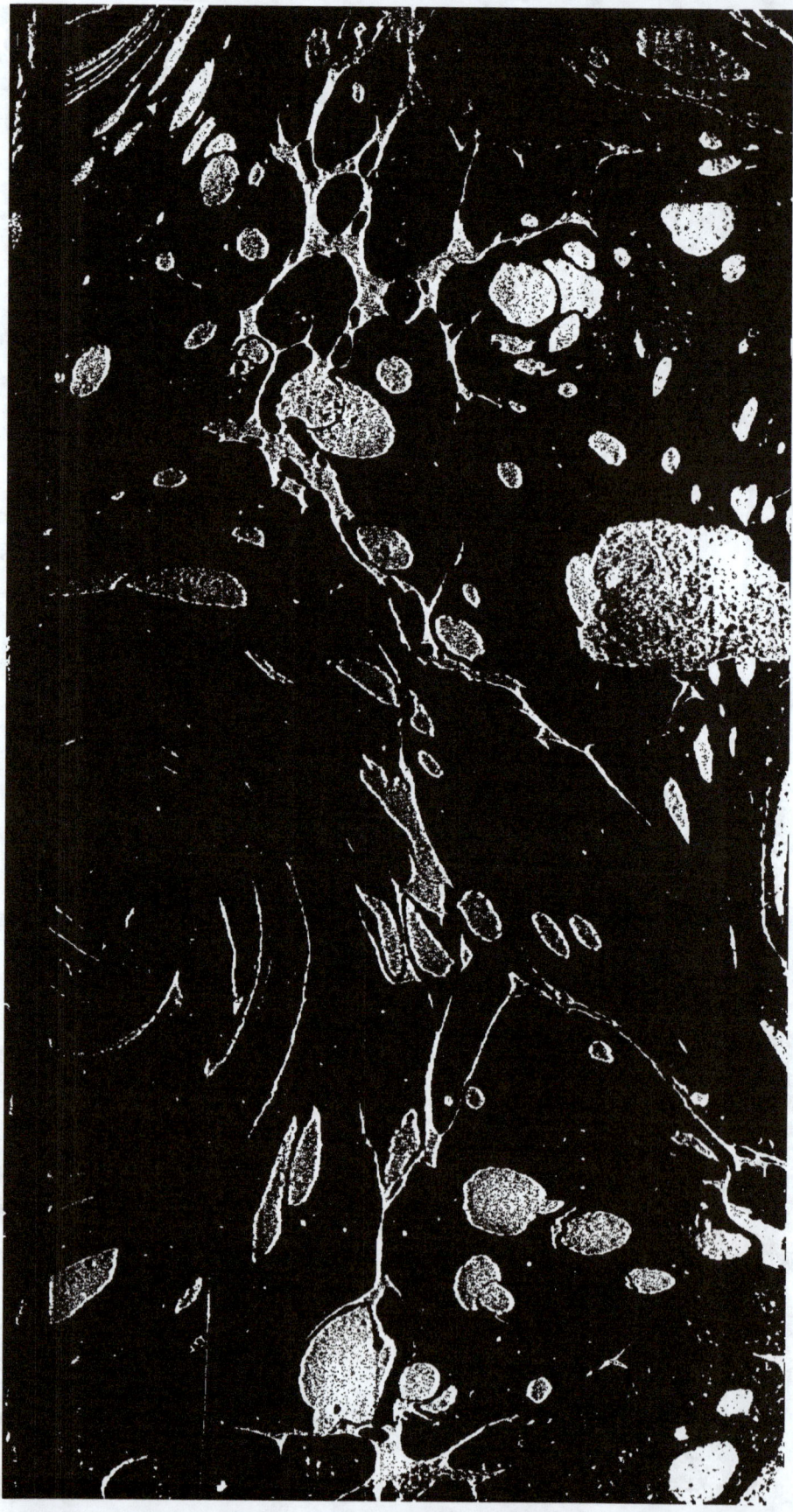

LES MILLE

ET UNE

SOIRÉES.

CONTES MOGOLS.

TOME PREMIER.

À PARIS,

CHEZ LES LIBRAIRES ASSOCIÉS.

M. DCC. LXV.

A MADAME
LA DUCHESSE
D'ESTRÉES.

Madame,

Raſſuré par vos bontés , je n'ai pas dû héſiter à mettre votre illuſtre Nom à la tête de ce Livre ; il m'eſt un ſûr garant de l'approbation du Public ,

EPITRE.

qui respectera toujours vos dé-
cisions , pour peu qu'il fasse
attention que vous êtes un des
principaux ornemens d'une brillante Cour , dont * l'Auguste
Princesse est moins élevée par
sa naissance au-dessus des personnes de son Sexe , que par un
génie brillant , & un goût exquis pour tous les Ouvrages
d'esprit ; c'est à son Tribunal
que l'on décide souverainement
du Sort de toutes les Nouveau-
tés , & je n'ignore pas ,
MADAME, que votre suffra-
ge y est d'un grand poids : je
ne veux pourtant pas le bri-
guer par des louanges que vous

---

* Madame la Duchesse du Maine.

EPISTRE.

n'aimez pas , en vous rappel-
lant ici la grandeur de vos illuf-
tres Ancêtres , & votre mérite
perfonnel ; je fais que ce feroit
mal vous faire ma Cour ; Heureux feulement , fi ces Contes
peuvent vous amufer quelques
momens : cet honneur qui rem-
pliroit tous mes defirs , & qui
me rendroit infiniment glorieux , autoriferoit du moins la
liberté que je prends de vous les
dédier , & de vous affurer du
profond refpect avec lequel je
fuis ,

MADAME,

Votre très humble &
très obéiffant Serviteur
GUEULLETTE.

b

AVIS
AU LECTEUR.

LE Public a reçu si favorablement mes Contes Tartares & Chinois, (puisque les Libraires de Paris en font à la troisieme édition, & qu'ils ont même été plusieurs fois imprimés dans les Pays étrangers), que j'ose me flatter qu'il aura autant de bonté pour les Contes Mogols que je lui présente. Ce n'est pas un petit embarras, après tant d'ouvrages écrits très poliment dans ce goût, de prétendre donner encore du nouveau.

Messieurs Galland, & Petis de la Croix, ou du moins ceux qui leur ont prêté leur plume pour rédiger & écrire les Contes Arabes, Persans & Turcs, paroissent avoir épuisé la matiere, & il semble qu'il n'y ait plus qu'à glaner après eux; cependant le fonds des Histoires Orientales est si ample, les Fables qu'elles admettent sont en si grand nombre, & elles prêtent des aventures si étonnantes à leurs Héros Préadamites, que plusieurs de nos Auteurs Romanciers n'ont pas dédaigné de puiser dans ces sources, alors très peu connues, des Histoires, dont quelquefois même ils n'ont fait que changer les noms. Je ne dis pas ceci pour le leur reprocher; au contraire, j'estime que nous leur avons beaucoup d'obligation d'avoir tiré, pour ainsi dire, ces ouvrages de l'obscurité, A leur exemple, fi l'on reconnoît quelques fonds de mes Hiftoires, je crois que l'on aura autant d'indulgence pour moi, que l'on en a eu pour ces Meffieurs.

J'ai déja à ce fujet éprouvé les bontés du public plus d'une fois dans les livres que je lui ai donnés dans ce genre; il ne m'a point chicané fur les Aventures des *trois Boffus de Damas*, *de mes Mille & un quart d'heure*, quoiqu'il ne lui ait pas été difficile de connoître qu'elles étoient prifes des *facétieufes nuits de Str. rolle*, & qu'elles aient même fait la matie. .es trois ou quatre Scenes jouées il y a près de ua- tre-vingts ans par des Batteleurs, & imprimées fous le nom de *la Farce des Boffus.*

Il a lû avec beaucoup de plaifir, à ce que j'ai appris, ce Conte habillé à la Tartare, & extrêmement différent de ce qu'il eft dans l'O- riginal. J'efpere qu'il en fera de même aujour- d'hui. Je lui avouerai cependant que je n'ai pas été peu embarraffé à imaginer une premier Hif- toire, pour donner un tour nouveau à racon- ter les aurres, & que cela feul m'a couté plus que tout le refte.

Dans les Contes Arabes, une jeune fille à qui au fortir du lit du Sultan on doit couper la tête, trouve le fecret de l'amufer pendant mille & une nuits, par le récit d'aventures qui fuf- pendent toujours la curiofité de ce Monarque, & lui obtient la vie qu'elle étoit deftinée à perdre.

Les mille & un jours font remplis d'Hiftoires ingénieufes, & très délicatement écrites, dans lefquelles la Nourrice d'une Princeffe prévenue contre notre Sexe, veut lui prouver qu'il y a des Amans fideles. Et malgré toutes les aven-

b ij

tures que cette Princesse raconte à son tour pour faire connoître la perfidie des hommes, elle est obligée enfin de changer de sentimens, & se détermine à se marier.

Le seul volume que nous ayons des Contes Turcs, & qui nous en fait souhaiter la suite, contient des faits fort intéressans. Un Prince accusé par sa belle-mere, est condamné à mort par son pere ; plusieurs Visirs prennent sa défense, & par des Histoires, dans lesquelles ils developpent au Sultan la malignité du cœur des femmes, ils suspendent la mort du Prince. La belle mere à son tour détruit l'ouvrage des Visirs par d'autres recits, où elle fait voir à son époux, de quoi les enfans sont capables, quand ils sont nés avec un mauvais naturel.

Un Prince dont la femme est crue morte, & qui, devenu aveugle par accident, se fait tous les jours raconter des Histoires nouvelles pour soulager sa douleur, fait le sujet des Mille & un quart d'heure. Pendant qu'un habile Médecin est allé lui chercher un remede fort extraordinaire pour lui rendre la vue, on accuse le fils de ce Médecin de s'être mocqué de l'embarras dans lequel est le Visir, de trouver de nouveaux sujets de charmer les peines du Sultan, & de s'être vanté au péril de sa vie d'être seul capable de l'entretenir jusqu'au retour de son pere ; le Visir l'oblige à exécuter ce dont la malice des Médecins l'a chargé ; enfin le pere de ce jeune homme ramene au Sultan son épouse qu'il croyoit avec raison avoir perdue pour toujours, & par son moyen il recouvre la vue qu'elle seule étoit en état de lui rendre.

Il s'agit dans les Contes Chinois de faire changer de Religion à un Roi de la Chine, un

fage Cabalifte prend la figure du premier Mandarin, & fous prétexte de convertir la Reine
qui eft Mahométane, il lui raconte en préfence
de fon époux, les aventures merveilleufes
qu'il fuppofe lui être arrivées dans les différens
corps par lefquels il a paffé, fuivant la Mé-
tempficofe qu'admettent les Chinois; & enfuite
faifant connoître toute l'abfurdité de ce fiftê-
me, il oblige le Sultan à embraffer, fuivant
fon but, la Religion de Mahomet.

J'ofe dire, que dans les Contes Tartares &
Chinois, (& je ne le dis qu'après qu'un nombre confidérable de perfonnes qui les ont lus,
me l'ont affuré), j'ai fufpendu affez agréable-
ment l'efprit du Lecteur, qui dans ces deux
ouvrages, ne s'eft point attendu au dénouement, mais il ne m'a pas été permis de faire
la même chofe dans les Contes Mogols.

J'aurois bien voulu y faire croire que le Sultan de Guzarate eft véritablement mort, afin
que lorfqu'on le voit reparoître, fa vue, à
laquelle fes Sultanes s'attendent fi peu, pût
auffi furprendre le Lecteur; mais il fentira
bientôt qu'il m'a été impoffible de faire autrement, fans détruire le motif qui fait agir ainfi
le Sultan, & que s'il eft cenfé mort pour le
Lecteur, comme pour les Sultanes, il n'a plus
befoin de favoir ce que ces femmes penferont
de lui après l'avoir perdu. Cette feule réflexion
doit me juftifier envers le Public, de ne lui
avoir pas donné le plaifir de la furprife; d'ailleurs elle ne fe trouve pas non plus dans le
dénouement des Contes Arabes, Perfans &
Turcs.

Il me refte à dire, que ce n'eft pas fans raifon que j'ai mis à ces Aventures, des Notes

AVIS AU LECTEUR.

Géographiques & Hiftoriques un peu plus amples que l'on n'a coutume de le faire en pareil cas ; outre qu'il y a néceffairement dans ces fortes d'ouvrages , des endroits qui ont befoin d'explication , fur-tout pour les Dames, j'ai cru devoir les appuyer , & principalement ceux qui regardent l'Hiftoire fabuleufe , de l'autorité de la Bibliotheque Orientale , ou des plus célebres Voyageurs qui ont parcouru ces vaftes Pays , perfuadé que le Lecteur ne me faura pas mauvais gré de ces remarques , qu'il fentira bien m'avoir couté beaucoup de tems & de lecture.

TABLE

Des Histoires contenues au
Tome premier.

TABLE.

Fin de la Table du Tome premier.

LES SULTANES
DE GUZARATE,
OU
LES SONGES
DES HOMMES ÉVEILLÉS.

CONTES MOGOLS.

Oguz, Roi de Guzarate (a), ayant établi dans ses Etats la Religion du grand Prophete, & fait

---

(a) *Guzarate*, Province aujourd'hui de l'Empire du Grand Mogol, dans la terre-ferme de l'Inde, à l'Orient du Decan, & dont la Capitale est Cambaye, qui a un Golfe & un Port du même nom : ce pays avoit autrefois ses Rois particuliers qui étoient très puissans ; & qui malgré l'irruption des Tartares dans l'Indous-

Tome I.   A

abattre tous les Temples des Idoles
que ses Sujets adoroient auparavant, se proposa de faire une paix
solide avec les Rois ses voisins.
Comme son exemple, sa valeur &
sa piété, les avoit engagés à reconnoître un seul Dieu, & Mahomet pour son Envoyé, il ne lui
fut pas difficile de s'acquérir leur
amitié; & quatre d'entr'eux vou-

---

tan, en 1401, se soutinrent contre *Tamerlan* leur
Prince. *Achobar*, l'un de ses Successeurs, l'u-
surpa vers l'an 1545, pendant la minorité de
Madof-her, qui n'avoit que douze ans; lorsque
le Sultan *Mamoët*, qui descendoit d'Oguz, lui
laissa la Couronne : le Tuteur de ce jeune Prince, qui se nommoit *Ehamet-Chan*, se voyant
obligé de demander la protection du Mogol
contre les Grands du Royaume qui s'étoient ré-
voltés, & de s'engager à lui promettre la Ville
d'Amadabat, *Achobar* entra aussi tôt dans le Guzarate avec une puissante armée; mais au lieu
de maintenir *Madof-her* sur le Trône qui lui appartenoit légitimement, il se rendit maître de
tout le Royaume, & emmena prisonniers ce
jeune Monarque & son Tuteur. Plusieurs Voyageurs assurent qu'il n'y a point de Roi en Europe
dont la Cour fût aussi magnifique que l'étoit autrefois celle des Rois de Guzarate.

lant lui en donner des marques, ils lui offrirent leur alliance par des Ambassadeurs, qui, par un évenement assez singulier, arrive-rent tous à Cambaye le même jour. Quoiqu'Oguz, qui n'avoit guéres plus de vingt-quatre ans, se sentît beaucoup d'antipathie pour le ma-riage, cependant pour éviter de faire présumer qu'il méprisoit les Sultans, il fit entendre à leurs Am-bassadeurs, qu'il étoit prêt d'ac-cepter l'honneur que lui faisoient leurs Maîtres; mais que ne pou-vant se choisir une Épouse sans choquer celles auxquelles il ne don-neroit pas la main, il les prioit de vouloir bien s'accorder entr'eux, pour un choix qui l'embarrassoit ex-trêmement.

Les Ambassadeurs, après avoir conféré ensemble sur une matiere aussi délicate, imaginerent un ex-pédient; ce fut que chaque Prin-cesse se trouveroit, à un jour mar-

A ij

qué, à (*a*) Amadabat ; qu'Oguz
s'y rendroit le même jour ; que là,
dans une Salle du Palais, toutes
les Princesses paroîtroient couver-
tes d'un voile très épais qui ca-
cheroit même leur taille ; & que
celle que le Sultan choisiroit sans
la voir, seroit sa légitime Epouse.
Ce projet, tout bizarre qu'il étoit,
ayant été approuvé par Oguz &
par les Rois qui demandoient son
alliance, les Princesses, dont la
plus âgée n'avoit pas dix-huit ans,
se trouverent à Amadabat au jour
désigné; Oguz, après s'être quelques momens promené dans la
Salle où elles étoient, & leur avoir
donné le tems de l'examiner, présenta, au hasard, la main à l'une
d'elles, & l'Iman, ainsi que l'on

_____

(*a*) *Amadabat*, Ville du Royaume de Guzarate, à dix-huit lieues de Cambaye, proche du
Fleuve Indus. Il y a encore dans cette Ville plusieurs Sépultures d'anciens Rois Idolâtres.

en étoit convenu , ayant fait les cérémonies ordinaires en pareil cas , le Sultan n'eut pas plutôt épousé cette Princesse , que lui adressant la parole : Madame , lui dit-il , mon cœur , jusqu'à présent , n'a point eu de part au choix de ma main ; cependant comme j'ai cru m'appercevoir , par la maniere dont vous avez reçu ma foi, que ma personne ne vous étoit pas indifférente , ne différez pas , je vous en conjure , à me faire voir l'Epouse que le hasard m'a donnée? puisse le Ciel approuver cette union , & que nous n'ayons jamais lieu l'un & l'autre de nous en repentir !

Comme il n'y avoit dans la Salle du Palais d'Amadabat que des Esclaves & des Eunuques noirs qui avoient accompagné les Princesses & le Sultan ; celle qui venoit d'être l'Epouse d'Oguz , crut devoir se montrer do.

cile à ſes premieres volontés ; &
rejettant ſon voile avec prompti-
tude, elle fit voir tant de majeſté
dans toute ſa perſonne, une beauté
ſi parfaite, des traits ſi réguliers,
& des yeux d'une ſi grande vivacité, que ce Monarque en fût
quelque tems ébloui : Grand Prophéte, s'écria-t-il ! eſt-ce là une
ſimple mortelle, & ne m'as-tu
pas envoyé à la place de l'Epouſe
que j'attendois, une des filles de
ton Paradis ? Non, Seigneur, dit
modeſtement la nouvelle Sultane,
vous ne voyez devant vous qu'une
Princeſſe d'une médiocre beauté ;
je ſuis fille du Roi de (*a*) Jeſelmere, l'on me nomme (*b*) Ge-

---

(*a*) *Jeſelmere* ou *Giſlemere*, Ville & Royaume
des Indes, aujourd'hui dans l'Empire du Mogol :
ce Pays eſt dans les Montagnes, ſa Capitale eſt
grande & bien peuplée, & il y en a pluſieurs autres, comme Radimpore, &c.

(*b*) *Gehernaz* ; c'eſt-à-dire, la dot de la
beauté.

hernaz , & je fuis fâchée que le fort vous ait procuré pour Epoufe la moins belle des Princeffes qui font ici. Ah ! Madame , s'écria le Sultan de Guzarate , la chofe eft impoffible , je m'en tiens très volontiers à mon choix : l'amour, cette paffion qui jufqu'à préfent m'avoit été inconnue , vient de s'emparer fi violemment de tous mes fens , que je fuis hors de moi-même , mais je ne puis être parfaitement heureux , fi je n'ai pas fait la même impreffion fur votre cœur.

A peine le Sultan eut-il achevé un difcours auffi flatteur pour Gehernaz , que les autres Princeffes qui avoient été enchantées de la perfonne d'Oguz , ne purent retenir leurs larmes ; la douleur même de l'une d'elles, fut fi violente, que fe laiffant tomber entre les bras de fes Efclaves , dans cette fituation , fon voile s'échappa , & les deux autres Princeſſes ayant voulu lui porter un prompt ſecours , elles ſe trouverent toutes trois dans le même état , c'eſt-à-dire , ſans voile. Quelque prévenu que le Sultan fût pour Gehernaz , il reſta immobile à la vue de tant de beautés , qui n'avoient peut-être pas leurs pareilles dans tout le monde. Et la Reine ſon épouſe s'étant apperçue de ſon émotion : Avouez , Seigneur , lui dit-elle , que ces Princeſſes ſont d'un mérite incomparable , & que votre main ne vous a pas bien ſervi dans le choix que vous avez fait de ma perſonne.

Je ne puis diſconvenir , ma chere Sultane , reprit Oguz , que ces Princeſſes ne ſoient parfaitement belles ; mais de quelques charmes dont elles ſoient pourvues , je les trouverai toujours fort inférieurs à ceux de l'adorable Gehernaz. Ah ! Seigneur , repli-

qua la Sultane, que votre préven-
tion me fait de peine, & que je
suis éloignée de mes projets! Quels
peuvent-ils être ? s'écria le Sultan
allarmé. Oserai-je bien vous l'a-
vouer, mon cher Prince, continua
la Sultane ; mais quand je voudrois
vous le taire, les sermens affreux
que j'ai faits, m'obligent à ne vous
rien cacher. Nous arrivâmes avant-
hier assez tard, ces trois Princesses
& moi dans ce Palais : quelque
inimitié qui dût être entre des rivales, trop prévenues de leur beauté & de votre mérite, nous nous
fîmes d'abord beaucoup de politesse ; ensuite ayant quitté nos voiles, nous restâmes, malgré nous-
mêmes, dans l'admiration les unes
des autres, & après nous être assez
long-tems examinées avec des yeux
envieux, sans pouvoir nous trouver de défauts, nous fûmes très
surprises de voir que chacune de
nous avoit les yeux remplies de lar-

mes ; nous en comprîmes d'abord
la raison, & rompant la première
le silence : Princesses, leur dis-je,
les grandes actions du Sultan de
Guzarate, & les relations avanta-
geuses que l'on nous a faites de
sa personne, font craindre à chacune de nous, de n'avoir pas le
bonheur d'être son Epouse. Je crois
que notre grand Prophete vient
de m'inspirer le moyen de faire
cesser notre appréhension ; mais
avant que de vous le découvrir,
si j'ai bien connu la source de nos
pleurs, & si vous êtes dans les
mêmes sentimens que moi, ju-
rons-nous en ce moment, que
non-seulement rien ne pourra jamais altérer l'estime & l'amitié qui
doit nous unir pour toujours; mais
encore, que celle que son bonheur destine à être l'Epouse du Sultan, ne jouira point de cet honneur, qu'elle ne lui ait fait promettre sur le divin Livre, qui est le fon-

dement de notre Religion, de se
soumettre à la condition qu'elle lui
imposera.

Les Princesses, dont j'avois pénétré les sentimens, curieuses au
dernier point de savoir ce que j'a-
vois à leur proposer, ayant fait avec
moi le serment dont nous étions
convenues, je continuai ainsi mon
discours. Le Sultan, en épousant
une de nous, va jetter le deses-
poir dans le cœur des trois autres.
Quelque insensibilité que ce Monarque ait témoignée jusqu'à présent pour notre sexe, c'est que son
heure de se laisser enflammer n'est
pas encore venue : je suis sûre qu'il
n'aura pas plutôt fait un choix, que
celle en faveur de laquelle le sort
aura décidé, comme un soleil brillant, dissipera par ses regards la
glace dont le cœur de ce Prince
est environné ; mais plus il en sera
éperduement amoureux, plus elle
doit employer la force de ses char-

mes pour la satisfaction des trois
autres : voici donc, Princesses, ce
que j'exige de vous, & ce à quoi
je me soumets aussi. Celle qui est
destinée à faire le bonheur du Sultan, ne lui rendra pas les devoirs
d'une légitime Epouse, qu'elle ne
lui ait fait jurer sur l'Alcoran de
partager son cœur avec les autres
Princesses. Notre Prophete permet aux hommes, par la loi qu'il
nous a laissée, d'épouser quatre
femmes légitimes, nous ne sur-
passons pas ce nombre : pourquoi le
Sultan de Guzarate pouvant nous
rendre toutes heureuses, ne nous
procurera-t-il pas un bonheur qui
nous doit combler de joie ? Unis-
sons-nous donc, mes cheres Princesses, lions-nous d'une amitié sin-
cere & parfaite, & méprisant l'envie & la jalousie qui regnent ordinairement entre des rivales, ne travaillons de concert qu'à la félicité
du Sultan & à la nôtre.

Ma propofition, Seigneur, fut univerfellement applaudie ; les Princeffes & moi nous nous promîmes une amitié à l'épreuve des évenemens les moins attendus. Nous convînmes d'exécuter ponc-tuellement mes projets, fous les fermens les plus terribles, & nous ne pouvons les enfreindre , fans encourir l'indignation de notre fouverain Prophete. C'eft à vous à préfent, Seigneur, à vous con-fulter , & à voir fi vous m'aimez affez pour accepter les conditions que nous avons juré d'obferver avec la derniere régularité ; fans cela, & malgré l'engagement que je viens de prendre avec votre Ma-jefté, je lui declare qu'elle n'ufera jamais avec moi des droits qu'une union fi fainte lui donne fur ma perfonne.

Le Sultan de Guzarate fut fi furpris d'une pareille propofition; qu'il fut quelque tems fans y ré-

pondre ; interdit, embarraffé, &
confus , il ne favoit quel parti
prendre , lorfque promenant fes
regards fur les trois Princeffes, il
vit leurs beaux yeux noyés de larmes : faites un effort fur vous-
même, Seigneur, lui dit alors Gehernaz, en lui baifant tendrement
la main. Votre irréfolution plonge
un poignard dans le fein de ces
belles perfonnes : que leur douleur & la mienne vous attendriffe ;
& ne faites pas croire que j'aie
affez peu de pouvoir fur votre Majefté , pour ne pas obtenir la premiere grace que je vous demande. Elle eft par raport à vous même,
me , d'une nature fi finguliere, reprit Oguz , que je croirois vous
offenfer, belle Gehernaz, fi je vous
l'accordois fi promptement ; cependant je fens bien que je ne puis
vous rien refufer : mais permettez
que j'y mette une condition ; c'eft
que les Sultans à qui les Princef-

fes doivent le jour, y donneront un plein confentement ; chacun d'eux jaloux de fes droits, fe pourroit offenfer de ce que la Princeffe fa fille ne feroit pas feule Sultane de Guzarate ; mais fi informés d'un évenement auffi extraordinaire, ils approuvent votre propofition, je vous jure fur le divin Livre, dicté mot à mot par l'Ange, à notre Prophete, que j'épouferai ces trois Princeffes auffi-tôt que je ferai certain que les Sultans ne s'y oppoferont pas ; tout ce qui me refte à craindre, c'eft (*a*) qu'Afmoug ne s'introduife un jour parmi vous, & ne trouble le repos & la tranquillité que vous vous propofez toutes de goûter avec moi. Non, Seigneur, re-

_____

(*a*) *Afmoug* eft le nom d'un Démon, lequel, felon Zoroaftre, eft auteur de tout le mal qui eft au monde. Il a pour fa fonction principale, à ce que croient les Orientaux, de femer la difcorde dans les familles, les Procès entre les voifins, & les guerres entre les Princes.

prit Gehernaz., ce démon n'aura jamais entrée dans nos cœurs, (a) Isfendiar prendra le soin de l'en chasser ; & je suis caution pour toutes ces Princesses que , leur union avec vous n'alterera pas notre repos : Seigneur , dirent alors les trois Princesses , après avoir tendrement embrassé la Sultane, le procédé de Gehernaz est si généreux, que nous n'oublierons jamais que nous lui devons tout notre bonheur ; car nous sommes bien persuadées que les Princes de qui nous dépendons , ne nous refuseront pas leurs consentements, ce refus nous seroit funeste , puisque nous sommes toutes déterminées à nous donner la mort , plutôt que de renoncer aux avantages que votre bonté & la généro-

_____

(a) Les Orientaux sont persuadés qu'*Isfendiar*, est une espece d'Ange gardien de la chasteté des femmes , & qui inspire l'esprit de paix dans leurs Serails.

sité

sité de Gehernaz veulent bien nous procurer.

Le Sultan de Guzarate surpris autant qu'on puisse l'être de la résolution des trois Princesses, répondit à ce discours avec toute la politesse imaginable ; & trouvant qu'aucune d'elles n'étoit inférieure en beauté à la Princesse de Jeselmere, il ne put disconvenir au fond de son cœur, qu'il ne dût être le Prince le plus heureux de l'Indoustan : Princesses, ajouta-t-il, j'accepte donc avec satisfaction l'offre de vos cœurs ; il est trop glorieux pour moi, pour que je ne vous en marque pas toute la reconnoissance possible : je vais écrire aux Sultans à qui vous devez le jour, après en avoir conféré avec leurs Ambassadeurs ; & pour peu que vous leur témoigniez les sentiments dans lesquels vous êtes à mon égard, je ne doute point que vous n'en obteniez ce

que vos cœurs souhaitent avec tant
d'empressement. Nous nous flat-
tons, Seigneur, reprit une des
Princesses, que les Sultans nous
aiment assez pour passer par-dessus un leger point d'honneur qui
pourroit s'opposer à notre contentement.

Oguz & les Princesses écrivirent
aux Sultans ; leurs lettres furent
remises aux Ambassadeurs ; & ce
Monarque après avoir ordonné
que les trois Princesses & leur
suite fussent traitées dans son Palais conformément à leur qualité, passa dans son appartement secret avec la Sultane son Epouse :
on leur servit une magnifique col-
lation ; ils entrerent quelques heures après dans le bain, & ensuite
ils se coucherent.

Jamais le Sultan de Guzarate
n'avoit goûté des plaisirs si parfaits ;
enivré des beautés ravissantes qu'il
découvroit dans Gehernaz : ado-

rable Sultane , lui dit-il, lumiere
de ma vie , croyez-vous que je
puiſſe jamais partager mon cœur
entre vous & les belles perſonnes
avec leſquelles vous venez de m'engager ? Non , non , cela n'eſt plus
en mon pouvoir , il faudroit pour
cela n'avoir jamais vû l'incomparable Princeſſe de Jeſelmere. Ah
Seigneur , reprit Gehernaz , faites réflexion que vous pouviez ſous
nos voiles, choiſir une autre Epouſe
que moi , & que je ſerois morte
de douleur , ſi cette Princeſſe n'a-
voit pas obtenue de votre Majeſté , ce qu'elle m'a promis ſi ſo-
lemnellement ; mon cœur à la vérité gémira en ſecret de voir votre union avec les autres Sultanes,
mais il le verra ſans ſe plaindre ,
perſuadée qu'elles ſont toutes dans
les mêmes ſentiments que je ſuis ;
aimez-les donc , Seigneur , je vous
en conjure , elles vous adorent ,
& par une indifférence qu'elles ne

B ij

pourroient pas supporter, & dont
je mourrois si j'étois à leur place,
ne causez pas la mort de tout ce
qu'il y a de plus aimable dans la
nature , en effet , peut-on rien
voir de plus parfait, que la Princesse de Chitor ? Ne mérite-t-elle
pas avec justice le nom de (*a*) Gehensouz qu'elle porte , puisque
les charmes de sa personne sont
capables d'enflammer tout l'Univers. (*b*) Neubahar Sultane de Bukar , dément-elle le nom qu'on
lui a donné ? Ne représente-t-elle
pas par une jeunesse des plus brillante & des plus enjouée, les agré-
ments du Printems ? Et la divine
(*c*) Schebgerak fille du Roi (*d*)
d'Asmere , n'est-elle pas une véri-

_____

. (*a*) *Gehensouz*, signifie l'incendiaire du monde.
 (*b*) *Neubahar* , c'est-à-dire , nouveau Printems.
 (*c*) Flambeau de la nuit.
 (*d*) Les Royaumes de Chitor , de Bukar &
d'Asmere , font aujourd'hui partie des Etats du
Mogol.

table pleine Lune , par l'excellente beauté dont elle est ornée ? Il est vrai , chere portion de ma vie , que toutes ces Princesses sont parfaites , dit alors le Sultan ; mais leur mérite peut-il entrer en comparaison avec celui de l'incomparable Gehernaz ? Oui , Seigneur , reprit la Sultane , vous trouverez sûrement dans ces belles personnes , des graces que je n'ai pas ; & plaise au Ciel qu'elles ne vous fassent pas un jour totalement oublier une Epouse qui ne survivroit pas une heure à votre indifférence. Ah ! belle Sultane , répliqua Oguz , ne craignez jamais un pareil sort ; la description de votre beauté est écrite sur mon cœur avec la plume des (a) Paons célestes, en caracteres inéfacables. Seigneur , dit alors la Sultane , ne répondez de rien :

_____

(a) Anges.

quand la Toute-Puissance de Dieu
a décoché la fleche de son décret,
il n'y a point d'autre bouclier à y
opposer, que la conformité que
l'on doit apporter à sa volonté :
ainsi je me soumets avec résigna-
tion à ce qu'il a ordonné de moi ;
& je lui demanderai seulement,
qu'en ce cas il m'envoie la mort,
ou la force de pouvoir soutenir la
perte de votre cœur, sans en murmurer, & sans chercher à troubler votre bonheur.

Des sentiments si tendres & si
soumis, arracherent des larmes au
Sultan ; Gehernaz en fut attendrie, & embrassant son Epoux
avec la derniere affection : mon
cher Roi, lui dit-elle, banissons
des idées si tristes, qui troublent
la tranquillité de nos cœurs ? li-
vrons-les au contraire à une joie
pure, & inaccessible au chagrin :
pour moi je ne veux plus désor-
mais penser qu'au bonheur que j'ai

de posséder mon cher Sultan. Enfin après de semblables discours
plusieurs fois réitérés, ces heureux
époux s'abandonnerent à un sommeil tranquille, & ne se réveille-
rent que bien tard après le lever du
Soleil.

Les trois Princesses qui ne
voyoient pas sans quelqu'envie le
bonheur de Gehernaz, attendoient avec impatience le retour
des Courriers, qui étoient allés
chercher le consentement des Sultans leurs peres. Ils arriverent enfin avec des pouvoirs suffisants;
& Oguz ayant épousé ces Princesses, trouva dans leur posses-
sion, un surcroît de plaisir & de
satisfaction que l'on ne peut exprimer. Ce qui y mit le comble,
c'est qu'étant retourné à Cambaye, les quatre Sultanes y ac-
coucherent le même jour, & presque à la même heure, chacune
d'un garçon, plus beau que tout

ce que l'on peut s'imaginer.

Si cet évenement si extraordinaire remplit d'une extrême joie le cœur de ces Princesses, il donna une idée bien singuliere au Sultan : Mes femmes, dit-il à un vieux Eunuque qui l'avoit élevé dès l'enfance, n'ont point eue jusqu'à présent de division entr'elles : je leur ai si également partagé ma tendresse, qu'il n'y en a aucune des quatre qui puisse croire qu'elle me soit moins chere que les autres : je tremblois que la naissance de leurs enfans ne troublât l'union qui regne heureusement dans mon Serail, & que je ne pusse pas conserver pour mes fils, sans exciter la jalousie des meres, la même égalité de tendresse que j'ai fait voir jusqu'à présent pour elles : mais, mon cher (a) Abdalla, c'étoit le nom

_____

(a) Serviteur de Dieu.

de

de l'Eunuque favori, ce que je viens d'imaginer dissipe toutes mes craintes : je souhaite que les Sultanes ne connoissent pas les enfans à qui elles viennent de donner le jour, & que cela paroisse arriver sans ma participation : pour cet effet, je veux faire venir, ce soir, les nourrices dans mon appartement, & quand je le jugerai à propos, tu exécuteras les ordres que je te donnerai : laisse-moi le soin du reste.

Le Sultan, suivant son projet, fit apporter les enfans dans sa chambre, il les fit deshabiller, & ayant dans ce moment donné à Abdalla le signal dont il étoit convenu, l'Eunuque, qui étoit dans un cabinet joignant cette chambre, alluma une composition qu'Oguz lui avoit donnée, & qui faisant paroître tout l'Appartement en feu, auroit inspiré une extrême frayeur à tout autre même qu'à des femmes. Les flammes ayant alors paru gagner la porte, Abdalla passant à travers, & appellant du secours, causa à ces pauvres nourrices une telle épouvante, que sans faire aucune attention à leurs enfans, elles se sauverent avec précipitation, en faisant retentir tout le Palais de leurs cris. C'étoit justement ce que le Sultan avoit prévu ; il profita de ce désordre, & aidé du seul Abdalla, ayant porté les petits Princes dans un autre Appartement, & les ayant placés dans le même ordre qu'ils les avoient vus dans la chambre, pour les pouvoir reconnoître ils les envelopperent de langes, qu'Abdalla courut promptement chercher, & auxquels il avoit mis des marques secrettes qui pussent les faire distinguer. Le Sultan, après avoir fait éteindre le feu qui avoit causé plus de frayeur que de dé-

fordre, fit alors chercher les nourrices ; revenues de leur effroi,
elles parurent en fa préfence : il
leur ordonna de reprendre leurs
nourriçons ; mais ne les ayant vus
que quelques heures, & ne les
pouvant fûrement reconnoître,
elles fe jetterent aux pieds de ce
Monarque pour lui demander
pardon de leur faute.

Le Sultan, tranfporté de joie
de voir que le tout avoit réuffi
comme il le fouhaitoit, feignit
alors d'entrer dans une colere
épouvantable : malheureufes ! leur
dit-il avec une fureur qu'elles crurent véritable, que deviendront
les Sultanes, quand elles fauront
que par votre peu d'attention,
elles ne feront plus en état de
reconnoître leurs enfans ? De-
viez-vous quitter un feul moment
des dépôts auffi précieux ? & ne
méritez-vous pas la mort, pour
avoir lâchement abandonné les

C ij

Princes que l'on vous avoit confiés ?

Les nourrices, profternées le
vifage contre terre , n'ofoient
lever les yeux fur le Sultan , qui
paroiffoit dans une colere immo-
derée : elles attendoient avec une
extrême frayeur qu'il ordonnât de
leur trépas, lorfqu'Abdalla jouant
fon rôle auffi naturellement que
Oguz , fe jetta à fes pieds : Seigneur , lui dit-il , tournez toute
votre colere contre votre efclave,
puifque c'eft moi qui , par des
cris indifcrets , ai obligé ces pauvres femmes à prendre la fuite ;
c'eft un crime pardonnable à la
timidité de leur fexe. J'ai cru le
feu plus confidérable qu'il n'étoit;
c'eft mon imprudence, & l'effroi
que j'ai marqué dans ce moment,
qui a caufé l'erreur dans laquelle
eft votre Majefté fur les Princes
fes enfans; c'eft moi feul qu'il en
faut punir , & non pas ces mifé-

rables femmes, dont je vous demande la vie avec la derniere inſtance. Levez-vous, Abdalla, dit le Sultan, je vous pardonne une faute dont vous n'êtes coupable que par l'excès du zele que vous avez eu pour moi ; vous avez craint que nous ne fuſſions enveloppés dans l'incendie : mais pour ces femmes, elles ſont inexcuſables ; je ne veux pourtant pas, à votre ſeule conſidération, les punir comme elles le méritent : qu'elles ſortent à l'inſtant du Sérail pour n'y rentrer jamais ; & donnez-vous le ſoin de me chercher d'autres nourrices plus exactes dans leur devoir.

Abdalla exécuta ſur le champ les ordres du Sultan : il renvoya les nourrices, leur donna, comme de lui-même, à chacune une bourſe de trois cens pieces d'or, pour les conſoler de ce qui venoit de leur arriver par ſa faute, ſit promptement chercher quatre autres femmes pour les remplacer, & leur remit entre les mains les petits Princes.

L'on eut grand soin de cacher aux Sultanes l'accident arrivé dans le Sérail ; on ne le leur apprit que lorsqu'il n'y eût plus de danger que cette nouvelle causât en elles une révolution qui pût intéresser leur santé & leur vie ; & ce ne fut pas sans une extrême douleur, qu'elles furent instruites d'un événement si singulier. Chacune d'elles étoit au désespoir de ne pouvoir reconnoître son fils ; & quoique le Sultan tâchât, par les caresses les plus tendres, de les consoler, elles avoient toutes les peines du monde à lui cacher les sentimens de leurs cœurs. Un jour que ce Monarque étoit avec elles & les petits Princes : Voyez, leur dit-il, si la Nature ne pourroit pas découvrir en vous ce que vous

avez tant d'envie d'apprendre ;
elles examinerent ces enfans avec
attention : l'incertitude où elles
étoient à leur égard, leur faisoit
leur prodiguer également mille
caresses ; mais cette nature qu'elles consultoient en vain, ne leur
donnoit pas plus de préférence
pour l'un que pour l'autre, elles en
verserent des larmes ; & le Sultan
qui voyoit avec plaisir que la tromperie qu'il avoit faite à ces Princesses, lui réussissoit si bien, fei-
gnoit cependant de prendre beaucoup de part à leur affliction, lorsque Gehernaz attendrie par là
douleur apparente d'Oguz, essaya
de le consoler par ce discours:
Mon cher Seigneur, lui dit-elle,
il y a une extrême différence de
votre situation à la nôtre : vous
pouvez regarder ces aimables
Princes du même œil, & les aimer également, vous savez bien
qu'ils vous doivent le jour : pour

nous, il n'en eſt pas de même, & je vous avoue que ſi je n'aimois pas auſſi tendrement que je fais les trois Sultanes vos épouſes, je ſerois inconſolable de ne pouvoir pas diſtinguer mon fils de ces autres petits Princes : mais comme notre union a toujours été parfaite, je m'imagine être la mere de ces quatre enfans, & je ſuis très perſuadée que notre ignorance ſur leur ſort, eſt un coup du ciel qui veut que nous les aimions tous d'une égale tendreſſe ; nous n'avons donc point d'autre parti à prendre que celui-là, puiſque les Sultanes & moi ne pourrions témoigner quelqu'averſion pour l'un d'eux, ſans riſquer de haïr le fruit de nos propres entrailles ; & loin de murmurer contre le ciel, nous devons remercier la providence : elle a permis, ſans doute, cet événement, pour nous lier encore davantage d'une ami-

tié qui doit durer autant que notre vie.

Les trois Sultanes trouverent
le raisonnement de Gehernaz si
sensé, qu'elles l'embrasserent avec
la derniere tendresse : nous vous
devrons toujours notre tranquillité, lui dirent-elles, vous êtes
féconde en expédiens, & il y a
tant de bon sens dans votre pro-
position, que nous sommes réso-
lues de suivre votre conseil avec
exactitude ; travaillons donc de
concert à notre commun bonheur, élevons nos enfans dans la
crainte de Dieu & de son Saint
Prophete, aimons-les avec une
égalité parfaite, & redoublons
notre tendresse pour le Sultan
notre souverain Seigneur.

Un tel discours ne pouvoit être
que très agréable à Oguz ; aussi
témoigna-t-il aux Sultanes combien il étoit sensible à la résolution qu'elles venoient de prendre,

& vit l'exécution de leur projet avec la derniere satisfaction.

Quand les Princes eurent atteint l'âge de raison, le Sultan uniquement occupé de leur éducation, leur donna les plus habiles Maîtres dans tous les exercices du corps ; & n'oubliant rien pour former leur ame à la vertu, il eut la satisfaction de voir qu'ils répondirent parfaitement à son attente; & ils lui devinrent d'autant plus chers, que pendant près de quinze ans, les Sultanes ne lui donnerent que des filles, qui moururent toutes à différens âges, à l'exception d'une petite Princesse appellée Ac-Sou (a), d'une beauté achevée, & qui nâquit de Gehernaz.

Quoique ces quatre Princes eussent les mêmes Maîtres, il s'en falloit de beaucoup qu'ils profitassent également dans leurs

_____

(a) *Ac-Sou*; c'est-à-dire, Eau pure.

exercices. Aſſad - Allad (*a*), qui
devoit ſa naiſſance à la Sultane
de Jeſelmere, ſurpaſſoit tous ſes
freres en mérite ; Humayoun (*b*),
fils de Geanzouz ; Neriman (*c*),
qui avoit obligation de la vie à
Neubahar , & Schirin (*d*) , qui la
devoit à Scheb-Gerak , lui étoient
fort inférieurs en tout ; cependant il cachoit cette ſupériorité
avec tant d'adreſſe , pour ne point
cauſer de jalouſie à ſes freres , que
le Sultan qui s'appercevoit de la
bonté de ſon cœur , lui donnoit
la premiere place dans le ſien par
cette raiſon , & parceque le connoiſſant pour fils de Gehernaz ,
il avoit toujours ſecrettement
donné la préférence à cette Sultane , quoiqu'il n'en eût jamais
rien fait connoître.

_____

(*a*) *Aſſad-Allard*, Lion de Dieu.
(*b*) *Humayoun*, Noble.
(*c*) *Neriman* , brave.
(*d*) *Schirin*, doux , agréable.

Une profonde paix régnoit depuis plus de vingt ans dans le Royaume de Guzarate, & les Princes, après leurs exercices ordinaires, n'avoient point d'autres occupations que celle d'aller à la chasse ; ils s'ennuyerent bientôt d'une vie si unie, & allant un jour trouver le Sultan : Seigneur, lui dit Assad-Allad, en portant la parole pour ses freres & pour lui, nous languissons dans une molle oisiveté, pendant que nos voisins & nos alliés sont en guerre : Samsam (*a*), Sultan de (*b*)Tata, vient de faire une irruption sur les terres de Nagmedin, Roi de (*c*)

(*a*) *Samsam* ; c'est-à-dire, épée tranchante.

(*b*) *Tata*, Royaume des Indes, aujourd'hui dans les Etats du Mogol, avec une Ville de ce nom sur le Fleuve Indus, & vers les Frontieres de la Perse.

(*c*) *Soret*, Province aujourd'hui de l'Empire du Mogol, dont Janagar est la Capitale : elle est située à l'embouchure du Pader, dans le Golfe de l'Inde.

Soret ; vous fçavez que ce Monarque eft oncle de la Sultane Gehernaz , & qu'il ne s'éft attiré la
haine de cet injufte Prince , que
pour avoir refufé de lui donner
fa fille pour époufe. Il n'a pas
cru de voir l'accorder à un homme qui dans les emportements de
l'ivreffe , a déja poignardé trois
malheureufes Princeffes que la
politique lui avoit donné pour
femmes : permettez donc , Seigneur , que nous allions offrir
notre fecours à Nagmedin , &
que dans une occafion auffi glorieufe, nous cherchions à nous
inftruire de ce que doivent fça-
voir des Princes tels que nous.

Quelque douleur qu'Oguz pût
reffentir d'une pareille demande
à laquelle il ne s'attendoit pas,
& qui devoit accabler de trifteffe
les Sultanes, la priere des Princes étoit trop jufte pour qu'il n'y
eût point d'égard , il donna donc

des ordres pour faire promptement leurs équipages, & les ayant
mis en moins de quinze jours à
la tête de quarante mille hommes, avec les plus braves Officiers de ses troupes, il les fit partir pour se rendre à Janagar.

Ce ne fut pas sans répandre
bien des larmes, que les Sultanes
se séparerent des Princes leurs fils;
mais si elles en ressentirent une
extrême affliction, elles furent
du moins assez raisonnables pour
convenir qu'ils ne pouvoient acquérir de la gloire dans une occasion plus juste & plus louable;
enfin ils se mirent en marche, &
après quinze jours étant arrivés à
Janagar, ils y trouverent Nagmedin pénétré de colere de la Lettre la plus outrageante qu'il venoit
de recevoir du Sultan de Tata.
Cet indigne Prince, fier de quelqu'avantages qu'il venoit de remporter sur lui, ne lui demandoit

plus la Princesse sa fille en mariage ; il lui ordonnoit de la lui envoyer comme son esclave ; & le menaçoit de mettre tout à feu & à sang dans ses Etats, s'il n'exécutoit pas ses ordres dans l'instant, L'on peut juger que les Princes arrivant au secours du Sultan de Soret , dans une pareille circonstance , en furent parfaitement bien reçus : il aimoit Noud (c'étoit le nom de la Princesse sa fille) avec une tendresse extrême : il craignoit Samsam. Ce Prince étoit jeune, plein de feu , il commandoit lui-même des troupes aguerries , & Nagmedin , outre les incommodités de la vieillesse , étoit d'une santé très infirme qui ne lui permettoit pas de se mettre à la tête de son Armée. Il montra la Lettre du Sultan de Tata aux Princes de Guzarate , & ils en furent si indignés, qu'ils jurerent tous quatre de lui arracher la vie, ou de périr dans cette entreprise. Nagmedin charmé & du secours des Princes, & de la colere qu'ils témoignoient contre Samsam, pour leur donner les marques les plus sensibles d'amitié & de reconnoissance, voulut en passant par-dessus l'usage ordinaire, leur faire voir la Princesse sa fille : Noud avertie des intentions de son pere, n'épargna rien pour relever une beauté des plus touchantes ; elle haïssoit mortellement le Sultan de Tata ; & ne croyant pas trouver un plus sûr rempart contre la violence de ses desseins, que de se faire aimer de quelqu'un des Princes de Guzarate, qu'elle savoit tous avoir beaucoup de mérite, elle parut à leurs yeux plus brillante mille fois, qu'une pleine Lune : les Princes furent si surpris de sa beauté, qu'ils en resterent comme immobiles ; mais Assad-Allad, revenu

venu le premier de son étonnement , & rompant un silence qui
n'avoit été causé que par l'admiration. Incomparable Princesse ,
lui dit-il , si Samsam n'étoit pas
un Prince qui ne s'est rendu jusqu'à présent recommandable que
par des excès de cruauté inouie ,
je ne pourrois pas le blâmer au
fond de mon cœur, de ce qu'il en-
treprend pour vous obtenir ; mais
sa barbarie , & la férocité de son
ame , le rendent indigne, je ne dis
pas d'une personne pour laquelle notre grand Prophete soupire-
roit s'il étoit encore sur la terre ,
mais même de la plus vile de ses
esclaves ; pour moi, Madame, qui
ne crois pas qu'un simple mortel
puisse aspirer à un bonheur si au-
dessus de toute expression , je ne
serai pas assez présomptueux pour
vous offrir un cœur qui n'est pas
digne de vous être présenté ; mais
soyez certaine que je répandrai

juſqu'à la derniere goutte de mon
ſang, plutôt que de ſouffrir que
vous deveniez la proie d'un monſtre tel qu'eſt le cruel Samſam. Belle
Sultane, s'écrierent les trois Princes, Aſſad-Allad n'a ſur nous l'a-
vantage que de vous avoir le premier offert ſes ſervices, nous ſommes tous dans les mêmes ſentiments; nous vous jurons ſur le
Saint Temple de la Mecque, ſi reſ-
pectable à tous les vrais Croyans,
que nous vous vengerons de l'in-
ſolence du Sultan de Tara, & que
nous arracherons la vie de ce Monarque, qui par des cruautés ex-
ceſſives, s'eſt rendu l'horreur de
tout l'Indouſtan.

Si Nagmedin fut touché des
ſerments des Princes, Noud en
fut tranſportée de joie : l'on ſervit
enſuite un repas magnifique où
les mets les plus exquis & les plus
délicats furent préſentés en abondance ; vingt-quatre eſclaves les

portoient dans des plats d'or & de
porcelaine la plus rare ; sur l'un
l'on voyoit un agneau farci , dans
l'autre des perdrix , des cailles ,
des faisans ; dans celui-ci des bou-
lettes de viande hachées & enve-
lopées dans des feuilles d'herbes
nouvelles ; du pilau , des tourtes ,
des gelées , des salades , des
compotes, des fruits cruds & con-
fits , & des pâtés hachés , servis
sur de grandes tables d'argent,
sur lesquelles ils étoient faits &
cuits : l'on présenta ensuite d'excellent sorbet ; & sur la fin du repas qui se termina par le caffé que
l'on servit à genoux aux Princes
de Guzarate , Assad-Allad charmé de l'honneur extraordinaire
qu'il recevoit de ce Monarque,
ayant prononcé avec une espece
d'entousiasme ces mots : (a) Saat-

(a) Bonheur & prosperité puissent arriver au
Sultan, que Dieu Tout-puissant lui donne des
jours longs & heureux. Ainsi soit-il.

D ij

ler ola alla , chaala padichaah Vmurler Virfun. Les Officiers de Nagmedin répondirent refpec-tueufement , *Amin.* Enfuite l'on fit entrer les baladines , qui par leurs danfes , & mille poftures co-miques , plus plaifantes les unes que les autres , divertirent infini-ment toute la compagnie , & ter-minerent la fête. L'Armée des Princes ayant féjourné deux jours aux environs de Janagar , les Offi-ciers à qui le Sultan avoit envoyé tous les rafraîchiffements néceffaires , ayant témoigné aux Prin-ces l'impatience où étoient leurs Soldats d'aller combattre l'Enne-mi , ils ne jugerent pas à propos de laiffer réfroidir leur ardeur, & s'é-tant mis à leur tête , ils arriverent après cinq jours de marche devant un gros Bourg de la dépendance du Sultan de Soret , près duquel fon armée étoit retranchée.

Samfam campé dans la Plaine

voifine, avoit tâché par plufieurs
efcarmouches, de faire fortir de
fes retranchements l'Armée de
Nagmedin : le Vifir qui la commandoit alors, étoit trop prudent
pour rifquer une bataille qui pouvoit décider du falut de l'Empire
de fon Maître ; pofté avantageu-
fement à la tête d'un défilé, fon
Armée qui n'étoit que de quarante mille hommes, étoit capable
d'arrêter celle du Sultan, qui
étoit de plus de cent mille ; mais
le fecours qu'il reçut de l'Armée
des Princes, & des troupes que
Nagmedin y avoit jointes avec
les plus braves Seigneurs de fa
Cour, ayant rendu leurs forces
à-peu-près égales, les Princes
crurent qu'il leur feroit honteux
de différer davantage à attaquer
un ennemi qu'ils venoient de jurer
de détruire, & dont l'injuftice de
la caufe devoit attirer fur lui le
courroux du Grand Prophete.

Pour cet effet profitant de l'obscurité de la nuit pour sortir de ce
défilé , & ayant rangé leur Armée
en bataille à la petite pointe du
jour, ils fondirent sur leurs ennemis , qui ne s'attendoient pas à
une pareille hardieffe , & ce fut
avec tant d'impétuofité , que rien
ne put réfister à leur valeur. Le
Sultan de Tâta ne pouvoit revenir de sa surprise : la prudence
n'étoit pas sa principale vertu,
endormi par la tranquillité du Vifir de Nagmedin , qui n'étoit que
fur la défensive , il ne le croyoit
pas affez hardi pour l'attaquer :
cependant ayant senti qu'il falloit
qu'il lui fût arrivé du secours , il
exhorta fes Soldats à combattre
avec toute l'intrépidité dont il
alloit lui - même leur montrer
l'exemple ; mais les Princes de
Guzarate animés par le ferment
qu'ils avoient fait de vaincre ou
de mourir , firent pendant près

de quatre heures des actions ſi
fort au-deſſus de la nature , que
les Soldats de Samſam ne purent
ſoutenir leur effort. Ce Monarque
barbare trouvant partout Aſſad-
Allad qui faiſoit marcher la victoire devant lui , crut que s'il
pouvoit terraſſer ce Héros , il la
feroit bien-tôt pancher de ſon
côté ; il ſe préſenta donc en fureur devant ce Prince. Qui que
tu ſois , lui dit-il , je te regarde
comme mon plus cruel ennemi,
& ce n'eſt que par ta mort , que
je puis venger celle de mes plus
braves Soldats : alors portant un
coup de ſabre ſur la tête du Prince , il l'auroit fendu juſqu'à l'ar-
çon de la ſelle de ſon cheval , ſi
Aſſad-Allad qui conſervoit tout
le ſens froid imaginable dans le
combat , n'avoit fait un mouvement qui lui ſauva la vie. A ſon
tour ayant attaqué le Sultan , ces
deux Princes également braves ,

& animés du defir de vaincre, commencerent un combat des plus opiniâtres & des plus terribles; ils fe portent mille coups, qu'ils parent avec une adreffe extrême, & les Soldats des deux partis ayant pendant quelque tems fufpendu leur animofité pour admirer la valeur de leurs Chefs, dont le fang commençoit à ruiffeler de toutes parts, Affad-Allad termina enfin ce combat par un revers qui fit voler la tête de Samfam.

Ceux du parti de ce Monarque ne le virent pas plutôt mort, que mettant les armes bas, ils demanderent quartier; le Prince le leur accorda, & les Chefs de l'Armée du Sultan s'étant profternés aux pieds d'Affad-Allad, qu'ils avoient appris être l'un des Princes de Guzarate: Seigneur, lui dirent-ils, ce Monarque à qui nous n'obéiffons qu'à regret, ne

laiffe

laiſſe aucun Succeſſeur ; ſa barbarie lui a fait égorger toute ſa
famille ; permettez que nous
mettions ſur le Trône de Tata,
un Héros à qui nous avons vû
faire des actions ſi extraordinaires , & qui vient de nous délivrer
d'un Tyran dont le joug nous devenoit inſuportable : ſoyez donc
notre Sultan , & jouiſſez , Seigneur , des fruits d'une victoire
qui n'eſt dûe qu'à votre valeur.
Aſſad-Allad ſurpris de cette propoſition , héſita pendant quelque
tems à répondre ; mais enſuite
prenant ſon parti : Mes amis, leur
dit-il affectueuſement , nous
combattons pour Nagmedin ;
c'eſt à lui, non à moi, à décider
de votre ſort, & je commettrois
une injuſtice extrême , d'accepter une Couronne qui lui appartient de droit. Le refus que fit
ce Prince de monter ſur le Trône, augmentant l'admiration des

Chefs de l'armée de Samsam :
Seigneur, lui dit un des principaux d'entr'eux, nous ne vou-
lons reconnoître que vous pour
notre Maître, vous êtes seul
digne de nous commander ; ac-
ceptez nos offres, ou souffrez que
nous défendions notre liberté jusqu'à la derniere goutte de notre
sang. Alors reprenant leurs armes : optez, continua-t-il, vous
voyez à vos pieds des sujets fidéles & soumis, ou des ennemis
furieux & désespérés. Si Assad-
Allad avoit été étonné de la premiere demande des Chefs de
l'armée de Samsam, il le fut encore davantage de leur derniere
résolution ; cependant ne voulant
point qu'il lui fût reproché d'avoir
accepté la Couronne qu'on lui
offroit, aux préjudice des droits
de conquête qu'y avoit Nagmedin, il fit tenir Conseil, & les
Visirs de l'armée de ce Sultan

étant tous d'avis que dans la circonſtance préſente, le Prince de
Guzarate ne devoit pas refuſer la
Couronne de Tata, cette réſolution ne fut pas plutôt connue,
que tout retentit d'acclamations
& de cris de joie ; le nom du
Sultan Aſſad - Allad vola auſſitôt de bouche en bouche, & les
Chefs & les Soldats des deux
armées, proclamerent ſur · le-
champ ce jeune Prince, Monarque de Tata.

Quelque modeſtie que le nouveau Sultan affectât, il reſſentoit
une joie extraordinaire de ſon
élevation ſur le Trône. Comme il
avoit en peu de tems conçu une
paſſion extrêmement vive pour
la Princeſſe de Soret, il ne douta
point que la Couronne ne lui ap-
planît toutes les difficultés qui
pourroient s'oppoſer à la poſſeſſion du cœur de la charmante
Noud.

E ij

Après avoir reçu les ferments de fes nouveaux Sujets, & nommé l'un des Chefs de leur armée conjointement avec un des Vifirs de Nagmedin, pour les reconduire jufqu'à fa Capitale, où il les affura qu'il fe rendroit le plus promptement qu'il lui feroit poffible, il partit pour Soret dans le deffein d'y porter fa Couronne aux pieds de la Princeffe.

La nouvelle de la victoire, celle de la mort de Samfam, & de l'élévation involontaire d'Affad-Allad fur le Trône de Tata, étoit fue à la Cour de Nagmedin, avant que le nouveau Sultan y arrivât; & loin que ce Monarque fût jaloux du bonheur de ce Prince, il le vit avec une joie parfaite : mais fa fatisfaction redoubla, lorfqu'Affad - Allad lui baifant la main : Seigneur, lui dit-il, mon intention n'a point été de vous priver de la domina-

tion des Sujets du Sultan qui vient
de perdre la vie ; je n'ai pu m'oppoſer à leur réſolution, ſans mettre notre Armée dans un péril
dont le ſuccès pouvoit être in-
certain : mais je vous déclare que
je n'accepte point cette Couronne ſans l'eſpérance de la faire paſſer à votre poſtérité, en la par-
tageant avec la Princeſſe votre
fille : je l'adore, Seigneur, & je
ne ſuis ſenſible à l'élévation où je
ſuis parvenu, qu'autant que vous
me donnerez les moyens de faire
un jour regner vos petits-fils ſur
le Trône de Tata.

Comme Nagmedin ne pouvoit
ſouhaiter rien de plus avantageux
pour ſa fille, il n'héſita pas un
moment à l'accorder au nouveau
Sultan ; & l'embraſſant avec tendreſſe, il l'aſſura que rien ne pouvoit lui faire plus de plaiſir & plus
d'honneur, que ſon alliance.
Quoiqu'Aſſad - Allad fût devenu

indépendant par sa nouvelle qualité, il ne voulut pas se dispenser de demander le consentement du Roi son pere ; pour cet effet il lui envoya en toute diligence un de ses principaux Officiers. On peut juger de la situation où se trouva le Sultan de Guzarate à des nouvelles si agréables : la gloire que tous les Princes ses fils s'étoient acquise, pénetra son ame de la joie la plus vive ; & jugeant de l'impatience d'Assad-Allad, par la maniere dont il lui vantoit dans sa lettre les perfections de la Princesse de Soret, il fit repartir promptement l'Officier qui étoit chargé de cette commission, avec le consentement que le nouveau Sultan lui demandoit.

Le Courier ne fut pas plutôt de retour à Janagar, qu'Assad-Allad épousa la Princesse : leur mariage fut célébré avec toute la magnifi-

cence poffible ; & fi quelque
chofe put diminuer la joie que
reffentoient ces nouveaux époux
d'une union qui faifoit tout leur
bonheur , ce fut la nouvelle du
départ précipité des trois Princes
de Guzarate. Affad-Allad s'étoit
bien apperçu qu'ils avoient conçû
la même inclination que lui pour
la charmante Noud , mais il avoit
cru que la Couronne que fa valeur
venoit de lui faire obtenir , feroit
refpecter fon amour , & que le
confentement de Nagmedin à
fon mariage devoit éteindre dans
leurs cœurs la paffion qu'ils reffentoient pour cette Princeffe :
il s'étoit trompé ; chacun de ces
Princes ne fe rendant pas la juftice qu'il fe devoit , croyoit pouvoir obtenir la préférence fur Affad-Allad ; ils ne virent donc
point fon bonheur fans jaloufie,
& quittant la Cour de Sorèt avec
précipitation , lorfqu'ils fentirent

qu'il n'y avoit plus rien à efpérer
pour eux , ils fe rendirent à Cambaye très mécontents de la campagne qu'ils venoient de faire,
quoiqu'ils y euffent acquis beaucoup de gloire.

Oguz furpris d'un fi prompt retour , n'en pouvoit pénétrer les
raifons , lorfqu'une lettre qu'il
reçut du nouveau Sultan de Tata,
lui ouvrit les yeux : il fe plaignoit
tendrement de fes freres , &
prioit ce Monarque de les engager à lui rendre leur amitié , qu'il
croyoit n'avoir pas perdue par fa
faute. Une conduite auffi extraordinaire affligea extrêmement ce
bon pere : il fit venir les trois Princes en fa préfence , & après leur
avoir lû la lettre d'Affad-Allad,
il leur reprocha leur peu de tendreffe pour un frere qui méritoit
tout leur attachement. J'entre-
vois, leur dit-il, que la Princeffe
Noud a su vous toucher ; mais

comme elle ne pouvoir être l'épouse que de l'un de vous, n'avez-vous pas dû penser qu'étant liée avec Assad-Allad, elle devenoit un objet sacré pour ses freres? Rentrez donc en vous-mêmes, mes chers enfans; loin d'être jaloux du bonheur d'Assad-Allad, louez plutôt le grand Prophete de son élévation; tâchez par une conduite pleine de piété, de mériter ses faveurs; demandez-lui qu'il vous procure un jour un pareil avantage, & rougissez d'avoir pû concevoir des sentiments qui doivent être aussi éloignés de la nature, puisqu'ils vous ont porté à haïr un frere digne de toute votre tendresse.

Les Princes étonnés d'une réprimande à laquelle ils ne s'attendoient pas, ne purent disconvenir du tort qu'ils avoient eu; ils en demanderent pardon au Sultan, & en firent même par écrit des excuses à Assad - Allad.

Oguz s'appercevant cependant que les trois Princes conservoient toujours sur leur visage & dans le cœur une humeur noire & sombre, étoit affligé autant qu'on puisse l'être. Après avoir pendant quelques jours cherché les moyens de les guérir de cette espece de maladie, il fit ordonner aux plus fameux Marchands d'esclaves qui résidoient à Cambaye, de lui faire passer en revue toutes les plus belles filles qu'ils pouvoient trouver.

Dès le lendemain cet ordre fut exécuté ; les Marchands d'esclaves présenterent au Sultan ce qu'ils avoient de plus rare & ; ce Monarque exposant à la vue des trois Princes douze des plus belles personnes qu'il y eût au monde : mes enfans, leur dit il, choisissez dans ces aimables filles, celles qui vous seront les plus agréables, je vous

en fais préfent ; c'eſt une ſatisfaction que notre Prophete ne vous
défend pas ; & je ſuis perſuadé
que vous trouverez dans leur compagnie de quoi diſſiper la triſteſſe
que l'on remarque dans toutes vos
actions.

Si les Princes furent d'abord
étonnés des offres du Sultan, leur
ſurpriſe fut ſi agréable, qu'ils ne
purent s'empêcher de la témoigner. Il n'y avoit pas une de ces
eſclaves qui ne pût diſputer le prix
de la beauté avec Noud ; & chacun des Princes ayant fait ſon
choix, ils en furent tous ſi contents, qu'ils oublierent bien-tôt
entierement le ſujet de haine
qu'ils avoient eu contre Aſſad-
Allad, ſans qu'il leur en reſtât la
moindre impreſſion dans le cœur.

A l'égard du Sultan de Guzarate, s'il étoit tranſporté de joie
d'avoir ainſi rétabli l'union entre
les Princes ſes fils, il ſentoit au

fond de fon cœur un trouble &
une inquiétude dont il n'étoit pas
le maître, & que la vue de ces
belles efclaves venoit de lui cau-
fer. Accoutumé depuis fi long-
tems à la poffeffion de fes quatre
femmes légitimes fans avoir jamais penfé à aucune autre, il
s'étoit cru le plus heureux de tous
les hommes : depuis ce fatal moment il fentit qu'il manquoit quelque chofe à fon bonheur ; il avoit
tremblé plufieurs fois en confidé-
rant que parmi les filles efclaves
qu'il avoit fait préfenter à fes fils,
il y avoit une jeune Circaffienne
de feize à dix fept ans qu'ils pouvoient choifir ; il y avoit eu même
des moments où il avoit fouhaité
que quelqu'un des Princes jettât
les yeux fur elle, afin que par ce
choix il ne lui fût plus permis de
la regarder comme une perfonne
qui pouvoit fervir à fes plaifirs.
Aucun d'eux ne l'avoit honoré

avec attention de ſes regards ;
pour Oguz, quoiqu'il fût honteux
de ſe laiſſer ainſi ſurprendre, il ne
put réſiſter à ſa nouvelle paſſion ;
& la découvrant quelques heures
après à ſon Grand Viſir : Horremdin, lui dit-il, que l'homme eſt
foible ! Depuis plus de vingt ans je
jouiſſois dans mon Sérail des plaiſirs les plus parfaits ; je les avoit
bornés à quatre des plus belles
perſonnes qu'il puiſſe y avoir dans
l'Univers, je n'en voulois point
connoître d'autre ; depuis un moment je viens de voir toutes mes
réſolutions renverſées. (a) Goul-
Saba, cette jeune Circaſſienne,
a percé mon cœur des traits les
plus vifs. Quelle honte pour moi !
Quoi, je vais devenir l'eſclave
de mon eſclave même ! Non,
Viſir, non, je veux vaincre une
paſſion auſſi ridicule, & qui fe-

_____

(a) Fleur du matin.

roit mourir de douleur toutes mes
femmes. N'est-il pas extravagant,
ayant près de cinquante ans, que
je veuille encore m'abandonner
à toutes les folles passions auxquelles nous livre une jeunesse incon-
sidérée ? D'ailleurs pourrois je
me flatter d'être véritablement
aimé de cette adorable fille ? Ah !
sans doute elle accorderoit à mon
rang ce que je voudrois qu'elle
ne donnât qu'à ma personne ! Eh
bien, Visir, pour te faire voir que
je veux remporter sur moi une
pleine victoire, je te fais présent
de Goul-Saba ; je ne veux plus
la voir, je te défends de m'en
parler, & même de prononcer
son nom devant moi : voilà qui
est fini, je retourne à mes Sultanes, & je vais t'envoyer cette
esclave avec les autres que j'ai fait
acheter, de peur qu'en la distin-
guant de ses compagnes, on ne
soupçonnât ma foiblesse pour elle.

Le Sultan de Guzarate paroiſſoit
déterminé à exécuter ſes dernieres réſolutions, lorſque prenant
Horremdin par les bras : te voilà
donc le maître de cette belle eſclave, lui dit-il ; qu'en vas-tu
faire, mon cher Viſir ? Ah, tu
ne pourras la voir ſans l'aimer !
La nature n'a jamais rien produit
de ſi beau, & il faut que les trois
Princes ſoient devenus aveugles,
pour lui avoir préféré les autres
eſclaves qu'ils ont choiſies. Ima-
gine-toi, Viſir, trouver dans
Goul-Saba une (a) Houry dont la

(a) Mahomet aſſure que dans le Paradis qu'il
promet aux bons Muzulmans, il ſe trouve quatre eſpeces de filles, toutes d'une beauté égale & extraordinaire, dont les premieres ſont
blanches, les ſecondes vertes, les troiſiemes
jaunes, les quatriemes rouges, & que leurs
corps ſont compoſés de ſafran, de muſc,
d'ambre & d'encens ; enſorte que ſi par hazad
une de ces filles belles & raviſſantes, crachoit
une ſeule fois ſur la terre, tout ce grand monde
ſeroit entêté de l'odeur de muſc ; qu'elles ont la
face découverte, & qu'on lit ſur elles ces belles

peau difputeroit de la blancheur
avec la neige même ; fes yeux
vifs & brillants, & qui vont au
cœur, ont droit de charmer les
plus infenfibles ; peut - on voir

& confolantes paroles écrites en caractères d'or:
*Quiconque a de l'amour pour moi, qu'il accom-
plisse la volonté du Créateur, qu'il me voie &
fréquente, je m'abandonnerai à lui, & le fa-
tisferai.* Il ajoûte que tous ceux qui auront
obfervé exactement fa loi, & fur-tout les jeûnes
du Ramazan, fe marieront infailliblement à ces
charmantes filles à fourcils noirs, fous des Ten-
tes de perles blanches, où chaque fille y trouve-
ra foixante dix planches de rubis, fur chacune
de ces planches foixante-dix matelats, & fur
chaque matelats foixante-dix femmes efclaves
qui en auront encore chacune une autre, pour
les aider & les fervir, & qui revêtiront ces belles perfonnes, appellées Houris, de foixante-dix
veftes magnifiques, fi legeres & fi tranfparen-
tes, qu'on verra à travers jufqu'à la moëlle de
leurs os; que les bons Muzulmans refteront mille ans dans les embraffemens de ces charmantes
Epoufes, après lefquels elles fe trouveront encore Filles & Vierges.

Tant d'extravagances & de puerilités, avec
des détails auffi ridicules, font rapportées dans *le
fecond Volume de la Religion des Turcs*, par
Echialle Mufti dans les chap. 48 *&* 49 *depuis
le fol*, 96. *jufqu'au* 109.

une

une phisionomie plus riante &
plus spirituelle, & une taille...
Ah! Visir, j'en suis enchanté, je
n'y puis penser sans tomber dans
une espece de délire ; mais je ne
m'apperçois que trop que je ne
puis vivre sans cette rare beauté ;
rends-la moi donc, mon cher
Horremdin, rends-la moi, je t'en
conjure, n'abuse pas du présent
que je t'en ai fait, & reçois en sa
place tous mes trésors.

Le Visir fut si surpris de voir
ainsi parler le Sultan, qu'il n'osoit
rompre le silence : Ah, s'écria
Oguz, hésiterez vous à m'accorder cette adorable fille ? Il y va
de ma vie ; & faites-vous si peu
de cas des prieres de vôtre maître ?
Seigneur, reprit Horremdin,
quoique je prévoie que la dissen-
sion va entrer dans votre Sérail
avec Goul-Saba, que vous n'y
jouirez plus de cette douce tranquillité qui a fait jusqu'à présent

les délices de votre ame , & que
vos femmes & les Princes vos enfans , qui jufqu'aujourd'hui ont
mérité avec juftice toute votre
attention, vous deviendront bientôt des objets d'ennui , & peut-
être de haine ; cependant, puifque
la vie de votre Majefté y eft inte-
reffée , je fuis d'avis que vous con-
tentiez au plutôt votre paffion ; vos
époufes en murmureront , mais
leur douleur n'aura qu'un tems ;
d'ailleurs n'êtes-vous pas le maître abfolu de vos actions ? & fi
jufqu'à préfent vous avez bien
voulu borner vos plaifirs aux feules
Sultanes, la Loi de notre faint Prophete ne vous permet-elle pas d'a-
voir autant d'efclaves qu'il vous
plaira, pour contenter vos defirs ?
aimez donc, Seigneur , la belle
Goul-Saba : comme elle doit fe
trouver honorée que vous dai-
gniez jetter les yeux fur elle , elle
feroit tort à fon jugement, fi elle

ne répondoit pas avec fincérité à la paffion du plus bel homme & du plus grand Monarque de l'Orient.

Oguz tranfporté de joie de voir que le Vifir approuvoit fa paf- fion, l'embraffa tendrement : mon cher Horremdin , lui dit-il, je ref- pire , tu viens de diffiper toutes mes inquiétudes ; c'en eft fait, je ne puis plus réfifter au feu qui me dévore , je me livre tout entier à mon amour, prends foin de faire favoir mes intentions aux Sulta- nes, & difpofe-les à recevoir avec douceur la Compagne que je vais leur donner.

Le Vifir, obligé d'exécuter les ordres de fon maître, fit inftruire les Sultanes de la nouvelle paffion d'Oguz : quoiqu'elles en fuffent très affligées , & qu'elles viffent avec autant de furprife que de douleur, la conduite du Sultan , elles prirent la réfolution , par le confeil de Gehernaz , de ne lui

point témoigner par des reproches , la peine que cela leur caufoit.

Oguz rentrant quelques heures
après dans l'intérieur de fon Sérail , ne fit pas la moindre attention au filence de fes femmes. Il
ne craignoit que leurs reproches ;
& comme elles eurent affez de
force pour ne lui pas faire voir
jufqu'à quel point alloit leur
affliction , il les quitta bientôt
pour courir avec empreffement à
l'appartement de Goul-Saba , que
par fon ordre l'on avoit préparée
à recevoir fa vifite. Le Sultan
loin de paroître devant fon efclave avec cette gravité qui fied fi
bien aux Monarques , jamais ne
témoigna tant de foibleffe que
dans cette occafion ; embraffant
fes genoux avec des tranfports
peu convenables à fa grandeur &
à fa majefté : adorable Goul-Saba,
lui dit-il , vous voyez à vos pieds

l'homme le plus tendre & le plus soumis; son bonheur dépend uniquement de vous : c'eſt à votre cœur qu'il en veut, mais il vous le demande avec tout l'empreſſement que l'amour le plus vif peut lui inſpirer.

Goul-Saba ſurpriſe au dernier point de la pétulence des ſentiments du Sultan, & connoiſſant toute l'étendue de la tendreſſe qu'elle avoit fait naître dans le cœur de ce Monarque, réſolut d'en profiter ; elle le releva avec beaucoup de modeſtie, le ſupplia d'interrompre pour quelques moments les tranſports de ſa paſſion, & de vouloir bien l'écouter tranquillement : Seigneur, lui dit-elle, je ſais que je ſuis votre eſclave, & par conſéquent que je dois être ſoumiſe à vos volontés ; mais je vous crois trop honnête-homme, pour vouloir uſer avec moi, de toute votre autorité :

quoique je ne parroiſſe pas d'une
condition égale à celle des Sultanes vos Épouſes , je ne crois
pas cependant être ſortie d'un
ſang inférieur au leur : enlevée à
mes parents dès l'âge de quatre
ans , je n'ai que des idées con-
fuſes de la nobleſſe de ma naiſſance ; je me ſouviens ſeulement ,
qu'élevée juſqu'à ce moment
dans un Palais magnifique , l'on
m'y donnoit ſouvent le titre de
Princeſſe , que les différents Marchands à qui j'ai appartenu ,
m'ont traitée toujours avec beaucoup de reſpect , & m'ont fait entendre que je n'étois deſtinée que
pour être l'épouſe d'un grand Monarque ; je vois déja une partie de
leurs promeſſes accomplies ; mais
permettez-moi , Seigneur , de
vous repréſenter mes chagrins :
votre majeſté m'aime beaucoup ,
je n'en puis douter ; je lui avouerai qu'elle a fait ſur mon cœur un

effet auſſi prompt & auſſi violent,
& que le ſeul reſpect m'empêche
de lui témoigner la vivacité de
mes ſentiments ; cependant malgré cet amour réciproque, jamais le Sultan de Guzarate n'ob-
tiendra la poſſeſſion de mon cœur,
qu'il ne m'ait épouſé ſolemnelle-
ment. Je ne ſuis point née pour
être l'objet du mépris ſecret de
ſes autres femmes ; obligée de
vivre avec elles dans ce Sérail,
elles me regarderoient toujours
comme une eſclave ; mes enfans
n'y ſeroient traités qu'avec une
eſpece de ſubordination , & je
ſouffrirois plutôt la mort, que de
riſquer un pareil outrage.

Quelque paſſion qu'Oguz reſ-
ſentît pour la belle Circaſſienne,
il fut étonné de ſa propoſition ;
charmante Goul-Saba, lui dit-il,
avec la douleur peinte ſur le viſage , la loi ne me permet d'épou-

fer que quatre (*a*) femmes légitimes. Je ne puis l'enfreindre fans
encourir l'indignation de notre
fouverain Prophete. Il eft aifé d'y

(*a*) Les Mufulmans peuvent avoir trois fortes de femmes ; des légitimes qu'ils époufent ;
des femmes qu'il peuvent prendre *au Kebin*,
& des femmes efclaves. Al'égard des premieres,
ils n'en peuvent époufer que quatre, & les ré-
pudient quand ils veulent, en allant devant le
Cady, & difant *aleï talat be talati*, c'eft-à-
dire, je la quitte pour trois fois. Si un homme
répudie fa femme à tort, il lui doit donner fon
douaire ; fi c'eft avec raifon, il n'y eft point
obligé. La femme répudiée ne peut fe marier
à un autre qu'au quatriéme mois après fa ré-
pudiation ; quand un homme a répudié fa femme légitime, s'il la veut reprendre, il ne le
peut qu'elle n'ait été mariée auparavant avec
un autre, & l'on appelle ce mari *Hulla*. Pour
les femmes *au Kebin*, on va trouver feulement
le Cady, auquel on déclare qu'on prend une
telle femme, à laquelle on promet de payer
tant en la répudiant ; le Cady écrit cela, & le
donne à l'homme, lequel garde enfuite cette
femme tant qu'il veut, & la chaffe quand il lui
plaît, en lui payant ce qu'il a promis : ils peuvent avoir de ces femmes autant qu'ils veulent.
A l'égard des efclaves, comme ils en font les
maîtres, ils en font tout ce qu'ils fouhaitent,
& les enfans de ces trois fortes de femmes font
auffi légitimes les uns que les autres.

                                    remedier

remedier, reprit vivement la Circaſſienne; vous avez la liberté, Sei
gneur, de répudier une des Sultanes. Ah ! s'écria Oguz, c'eſt ce
que je ne ferai jamais; j'ai trop de
conſidération pour ces Princeſſes.
Eh bien, ajouta Goul-Saba, con-
ſultez donc votre Iman ; je ſuis
ſûre qu'il vous dira, qu'à l'exemple de Mahomet, des Sultans tels
que vous, Seigneur, ſont au-deſſus des loix, ſur-tout quand ces
loix n'intéreſſent que leurs perſonnes : ſi l'Iman décide en votre
faveur, je ſuis prête à donner la
main à votre Majeſté ; ſinon je
me contente du ſimple titre de
ſon eſclave, & la mort la plus
cruelle me ſera toujours préféra-
ble à l'affront d'être la concubine
du Sultan de Guzarate.

Ces paroles prononcées avec
fermeté, furent un coup de foudre pour Oguz. Il envoya ſur-le-
champ chercher l'Iman ; & lui

Tome I.   G

ayant expofé l'état de la queftion
avec la vivacité du plus amoureux de tous les hommes, cet
Iman, qui craignoit pour fa vie
s'il ne répondoit pas conformément aux intentions du Sultan,
lui parla en ces termes : Cette
belle Circaffienne a raifon, Seigneur, la loi de notre Prophete,
il eft vrai, a borné les mariages (*a*)
à quatre femmes légitimes ; &
Dieu avoit donné à lui feul, la
permiffion d'en avoir autant qu'il
lui plairoit ; mais les interprêtes
du divin Livre qu'il a reçû de

***

(*a*) Quoique les Mahometans prétendent
que leur Prophete ait été garanti du péché
originel & de la concupifcence, ils ne peuvent fe difpenfer d'avouer qu'il a eu vingt-une
femmes contre la loi, qui n'en permet que
quatre ; de ces vingt-une il en répudia fix, &
cinq moururent avant lui, de forte qu'il lui
en refta encore dix, à chacune defquelles il
donnoit une nuit, & l'on dit qu'*Aifchah* en
avoit deux, parce que *Soudah*, la derniere de
toutes fes femmes, lui avoit cedé la fienne.
Bibliotheque Orientale, *folio 602.*

l'Ange Gabriel , prétendent que
cette loi n'eſt pas faite pour les
Sultans ; comme ils ſont une eſpece de portion de la Divinité ,
ils ſont au-deſſus des autres hommes : j'ajouterai même à leur in-
terprétation, que dans le cas qui
ſe préſente , l'exception de la loi
eſt tout-à-fait favorable à votre
Majeſté ; victime du bien public ,
& par le ſeul motif d'étendre la
religion de notre Prophete , &
de conſerver la paix dans vos
Etats, vous avez épouſé les quatre Sultanes ; votre cœur n'avoit
point de part à ces engagements,
& parce que vous vous ferez ſa-
crifié pour le bien de votre peuple, il ne vous ſera pas permis
une fois en votre vie, de contenter votre paſſion avec une perſonne qui croit être en droit de
n'entrer dans le lit de votre Majeſté, qu'en qualité de ſon Epouſe. Ah ! Seigneur , cette loi ſeroit

bien dure pour vous feul ; aufli
m'eft-il permis de lever là-deffus
vos fcrupules ; vous pouvez donc,
fans crainte, époufer cette belle
Circaffienne , & vous me voyez
prêt à vous unir enfemble.

Le Sultan tranfporté de joie
d'une décifion aufli favorable,
ne voulut pas différer plus long-
tems à fe contenter ; l'Iman les
maria fur-le-champ ; il reçut pour
prix de fa complaifance dix mille
pieces d'or ; & les efclaves & les
Officiers du Sérail l'ayant fait retentir par leurs cris de joie , les
quatre Sultanes comprirent en ce
moment , qu'elles venoient de
perdre toute l'affection de leur
époux ; & renfermées dans l'intérieur de leur appartement, elles
y gémirent fans fe plaindre , pendant qu'Oguz enchanté de fa nouvelle époufe , ne fongeoit qu'à
fatisfaire fes impatiens defirs.

Goul-Saba cependant, fuivant

l'ufage des femmes de l'Orient,
difputa le terrein pendant plus de
huit jours , & ce ne fut qu'après
avoir bien éprouvé les foumiflions
& les hommages de fon nouvel
époux , qu'elle lui laiffa gouter
entierement le plaifir de la poffe-
der.

Pendant plus d'un mois, l'on
ne vit dans le Sérail que danfes,
que jeux, que feftins. Parmi tous
ces divertiffements le Sultan fe
déroboit fouvent avec fa nouvelle
époufe ; il revenoit enfuite re-
joindre fes efclaves avec un vifage plus gai & plus ferein ; & ce
qui le combla de joie , Goul-
Saba ayant mis au monde un
Prince plus beau que l'on ne dépeint l'amour même , fa naiffance
fut célébrée par des fêtes dont les
dépenfes furent fi prodigieufes ,
qu'il s'en fallut peu qu'elles n'é-
puifaffent les tréfors d'Oguz.

Pendant plus de quinze ans, le
G iij

Sultan de Guzarate ne donna
toute son attention qu'à Goul-
Saba & à son cher fils ; & s'il entroit quelquefois dans l'appartement de ses autres femmes, il y
restoit si peu de tems, & y faisoit
paroître tant de froideur, qu'elles avoient toute la peine imaginable à s'empêcher de lui témoigner l'extrême douleur qu'elles
en ressentoient, d'autant plus que
la nouvelle Sultane, fiere de sa
faveur, ne gardoit pas avec elles
toutes les mesures de politesse &
de bienséance qu'elle leur devoit. Le jeune (a) Batthal, c'est
ainsi que s'appelloit le fils de
Goul-Saba, suivant les mauvais
exemples de sa mere, qui l'élevoit avec beaucoup de hauteur,
manquoit aussi envers les Sultanes
à tous moments, & malgré les ré-

_____

(a) *Batthal* ; ce nom en Arabe signifie vaillant, hardi ; mais il veut dire aussi, fainéant,
paresseux.

primandes de son pere, il n'y avoit
presque point de jour qu'il ne donnât des marques d'un mauvais naturel. Quelqu'aveuglé qu'Oguz
fût sur le compte de Goul-Saba &
de son fils, il s'appercevoit bien
des mortifications que les Sultanes recevoient à tous moments,
sans se plaindre ; & rentrant souvent en lui-même, il avoit presque regret à l'engagement qu'il
avoit pris avec la belle Circassienne. Quoiqu'il soit bien flatteur à
un homme de soixante ans, de
se croire tendrement aimé d'une
jeune & charmante personne, il
y avoit pourtant des moments où
Oguz doutoit de la sincérité des
sentiments de Goul-Saba ; il s'imaginoit voir quelque chose de gêné
dans ses carresses ; il n'y trouvoit
pas la même ouverture de cœur
que dans ses autres femmes, &
ne sachant comment s'éclaircir
sur ce fait, il se livroit quelque-

fois à la plus amere douleur.

Une nuit, que retiré seul dans son appartement, après avoir lû avec beaucoup de respect plusieurs chapitres de l'Alcoran, & prié le grand Prophete de soulager ses peines, le Sultan s'étoit abandonné au sommeil, il eut un songe des plus singuliers: Mahomet lui apparut, & lui parla ainsi : Tu voudrois être instruit de ce que Goul-Saba pense sur ton compte ; ne sais-tu pas que le cœur d'une femme est impénétrable, à moins que d'avoir à son doigt l'Anneau (a) enchanté ? Je veux cependant t'enseigner un secret pour connoître, non-seulement l'intérieur de ta belle Circassienne , mais encore de toutes tes Sultanes & de tes enfans ; & par ce moyen, j'ôterai

_____

(a) C'est l'Anneau de Solomon, au quel tous les Orientaux attribuent de grandes vertus.

le coton des oreilles de ton en-
tendement : Demain à ton réveil, vas trouver le neveu du cé-
lébre (a) Alroamat. Il se nomme
Cothrob ; consulte le sur ton embarras, je lui inspirerai ce qu'il
faut qu'il fasse pour te satisfaire.

Le Sultan de Guzarate avoit
bien entendu parler d'un Roi de
Georgie qui avoit regné à Gu-

(a) Voyez dans mes Contes Chinois, *imprimés à Paris chez Saugrain, Prault & Mo-
rin, en* 1723, l'Histoire d'Alroamat . au folio
297 du second volume ; Ce fameux Cabaliste,
qui a pris la figure du Mandarin Fum-hoam,
pour convertir le Sultan de la Chine son beau-
frere, à la Religion de Mahomet, l'assure au
folio 336, que le fils dont Gulchenraz son épouse est enceinte, sera dans son tems aussi illustre
dans les Sciences cabalistiques, que les plus
fameux Philosophes ; c'est ce Prince appellé
Cothrob, qui veut dire Lutin, esprit follet,
qui après avoir quitté le Trône de la Chine où
il avoit monté après la mort du Roi d'Isalem
son pere, & l'avoir cédé à l'un de ses fils, se
retira dans le Royaume de Guzarate, pour y
mener une vie purement contemplative, &
qui dans le Sérail du Sultan Oguz, opere toutes les merveilles que l'on lira dans ces Contes
Mogols.

riel (a) il y avoir plus de deux cens
ans ; il favoit que l'on racontoit
de ce Prince des chofes au deffus
de toute croyance , & que c'étoit
par fon moyen , que la religion
de Mahomet avoit pénétré à la
Chine ; mais il n'avoit jamais entendu parler de ce Cothrob, que
le Prophete lui ordonnoit d'aller
chercher , & ne pouvoit même
s'imaginer qu'après plus de deux
fiecles , un des neveux d'Alroamat pût être encore en vie ; cependant pour ne rien négliger fur
une matiere qui l'intéreffoit fi
fort, il affembla le lendemain tous
fes Vifirs avec les plus favants de
Cambaye , & leur demanda s'il
y avoit quelqu'un d'entr'eux qui
fût la demeure de Cothrob.
Aucun ne put lui apprendre ; il

(a) Les Provinces de Guriel , d'Immereti ,
& de Mengrelie en Georgie , font la Colchide ,
Pays natal de Médée.

leur étoit entierement inconnu, ainſi qu'aux Savants qui compoſoient cette aſſemblée ; & le Sultan ſe retiroit fort triſte dans le Sérail, lorſqu'il entendit un vieil Eunuque qui prononçoit le nom de Cothrob : il le fit appeller ; & lui ayant demandé quel étoit celui dont il parloit, il apprit que c'étoit un vieillard qui demeuroit dans une eſpece de Grotte à douze lieues de Cambaye, & qu'il menoit une vie ſi édifiante & ſi retirée, qu'il faiſoit l'admiration de tous ceux de ſon voiſinage. Oguz ayant ſur-le-champ monté à cheval avec très peu de ſuite, & accompagné de l'Eunuque, ſe rendit en peu d'heures à la porte de ce ſaint homme, & s'y étant préſenté, Cothrob l'ouvrit ſans attendre que l'on y frappât ; & s'avançant vers Oguz avec un air riant, mais rempli de majeſté : Sultan de

Guzarate , lui dit-il , je fais
quelle est votre inquiétude , j'y
remedirai ; mais il faut auparavant, que je vous entretienne en
particulier. Le Sultan étonné ,
ayant fait éloigner alors ceux qui
l'accompagnoient, & étant entré
seul dans la demeure de Cothrob,
cet homme divin lui parla en ces
termes : Le grand Prophete (dont
le nom soit à jamais glorifié) m'a
parlé, Seigneur, il m'a communiqué le sujet de vos peines, &
m'a ordonné pour les soulager,
de vous bâtir un Palais superbe
aux portes de Cambaye ; c'est
dans ce lieu & par mon moyen,
que vous retrouverez cette douce
tranquillité que vous avez perdue.
Ne croyez pas au reste , Seigneur, que je sois un architecte
ordinaire ; la sagesse dont je fais
profession , & cet Anneau qui
appartint autrefois au Sultan Solomon , me rendent faciles les

chofes qui paroiffent les plus im-
poffibles : je n'ai befoin que de
témoigner ma volonté aux intelligences qui me font foumifes,
pour être obéi dans un inftant;
cependant, afin de n'être point
fufpect aux Sultanes vos Epoufes, ni à vos Sujets, il eft néceffaire de donner à la conftruction
de ce Palais un tems fuffifant pour
ne pas faire connoître tout mon
pouvoir. Ordonnez-moi donc,
en préfence de tous ceux qui vous
accompagnent, de vous fuivre à
Cambaye, de vous y bâtir un
nouveau Sérail, & d'y joindre
une Mofquée, & un tombeau
dans lequel vous fouhaitez que
votre corps repofe, lorfque l'Ange de la mort en aura enlevé votre ame. Le Sultan furpris des difcours de ce fage vieillard, exécuta ponctuellement ce qu'il lui
avoit dit; & Oguz étant revenu
à Cambaye, Cothrob fe mit en

état de remplir les ordres qu'il
avoit reçus de ce Monarque.

A peine y avoit-il huit jours
que ce projet avoit été annoncé,
que plus de trois mille ouvriers de
toutes les especes, commencerent, sous la conduite de ce vénérable Architecte, à jetter les
fondements de l'Edifice qui lui
avoit été commandé ; jamais l'on
n'a travaillé avec tant de prompti-
tude, de régularité & d'exactitude ; & quoique le Sultan fût
prévenu, il ne pouvoit comprendre par quel enchantement cet
ouvrage s'avançoit au point où il
le voyoit tous les jours. Enfin,
après six mois, tout l'Edifice s'é-
tant trouvé dans sa perfection,
Cothrob qui conduisoit le Sultan
dans les lieux les plus secrets du
Palais, le fit entrer dans la Tri-
bune de la Mosquée, qui étoit
toute boisée ; là, par une Galle-
rie pratiquée avec art, & qui re-

gnoit dans l'épaiſſeur des gros murs, l'on pouvoit ſans être vû, non-ſeulement découvrir tout ce qui ſe paſſoit dans les différents Appartements deſtinés aux Sultanes, mais encore, il étoit facile d'entendre toutes leurs converſations par des vuides pratiqués dans des ſculptures de Moſaïques, qui parroiſſoient ne ſervir que d'ornements.

Ce n'eſt point aſſez, Seigneur, dit alors Cothrob, de pouvoir ſavoir par ce moyen , ce que penſeront les Sultanes ; vous devez les mettre à une épreuve des plus délicates : pour cela, il faut que vous me nommiez pour être (a) l'Iman de cette Moſquée : ne craignez pas, Seigneur, de me voir renfermé dans le Sérail avec vos femmes ; à mon âge, il n'y a plus de ſexe ; il y a plus de cent

_____

(a) C'eſt celui qui deſſert la Moſquée.

ans que j'ai renoncé aux plaisirs de cette vie, dans la seule espérance de jouir dans le Paradis de notre Saint Prophete, des avantages qu'il promet aux vrais Croyans. Cent ans ! s'écria Oguz. Oui Seigneur, reprit Cothrob, neveu du grand Alroamat, Roi de Georgie, & instruit par lui dans les Sciences les plus sublimes, j'ai regné assez long-tems à la Chine ; c'est la sagesse dont cet excellent homme m'a donné les premieres leçons, qui m'a fait mépriser les grandeurs de la terre, pour m'élever jusqu'à celles que notre loi nous fait esperer dans le Ciel : j'ai quitté sans regret mon Royaume à mon fils, & ses petits-enfans regnent encore aujourd'hui à la Chine ; pour moi, uniquement occupé de la contemplation des merveilles célestes, je suis l'instrument dont l'Envoyé de Dieu se sert assez souvent pour retirer

les

les mortels des précipices où le péché de notre premier pere les entraîne si souvent ; ainsi vous voyez, Seigneur, un homme tout-à-fait détaché de la terre, sur laquelle je ne reste depuis plus de deux siecles, que pour me conformer aux volontés de notre Prophete ; ne craignez donc point de me confier vos Sultanes, vous pouvez dès demain les faire passer dans ce Palais ; & il faut que de celui que vous allez quitter, vous en fassiez un Karavanserail pour recevoir commodément tous les Voyageurs ; vous connoîtrez bientôt l'utilité de cette fondation.

Oguz fut dans une surprise extrême d'apprendre, que Cothrob eût été un si grand Monarque ; il vouloit lui rendre en cette qualité tout ce qui étoit dû à son rang, lorsque ce vénérable vieillard le prévenant : Si j'avois voulu

des refpects continuels, lui dit-il,
je n'aurois pas quitté le Trône ;
graces au Ciel, tant que j'ai regné,
je n'ai pas été enivré de cet encens que l'on offre fans ceffe aux
Monarques , & qui ne leur fait
jamais mal à la tête ; je favois
heureufement diftinguer le vil fla-
teur , d'avec l'homme poli ; je
voulois que la vérité m'environ-
nât toujours ; & j'avois accoutumé tellement ceux qui m'approchoient à ne s'en point écarter,
que je puis dire que ma Cour étoit
unique dans fon efpece. J'avois
tranfmis ces leçons à mes petits-
fils ; mais la dépravation du fiecle
n'a pas permis qu'ils les fuiviffent
bien exactement , & la Cour de
la Chine eft aujourd'hui fur le
pied de prefque toutes celles de
l'Orient, dans lefquelles de vils
Eunuques , ou des Sultanes favo-
rites , décident tous les jours de
la vie & du bonheur des Peu-

ples qui font foumis à leurs Sultans : tachez , Seigneur , vous
qui jufqu'à préfent avez gouverné
vos Sujets avec tant de fageffe,
de ne jamais tomber dans ce défordre,& fouvenez-vous que vous
êtes refponfable à Dieu de la conduite des Peuples qu'il vous a
confiés.

Le Sultan de Guzarate charmé
des fages inftructions de Cothrob,
& docile à tous fes confeils , ne
manqua pas d'exécuter fes intentions. Il fit dès le lendemain conduire les Sultanes dans fon nouveau Sérail, dont la magnificence
étoit au - deffus de toute expref-
fion ; les Jardins en étoient char-
mants ; & Cothrob y avoit renfermé un grand bois qui avoit près
d'une lieue en quarré , tout cet
ouvrage paroiffoit plutôt être celui des (a) Peris, comme il l'étoit

_____

(a) Les *Peris* , font la belle efpece de ces

H ij

en effet, que celui des hommes
ordinaires.

Oguz avoit chargé Cothrob,
ainsi qu'il l'avoit souhaité, de
l'administration de la Mosquée du
nouveau Sérail, & il y avoit au
plus quatre mois qu'ils l'habitoient, lorsque le Sultan, suivant
le conseil du sage vieillard, feignit
de se trouver mal, & de ressentir
des palpitations de cœur très vio-
lentes. Si toutes les Sultanes parurent allarmées de cette maladie,
Goul-Saba fit voir dans ce moment des inquiétudes extrêmes.
Ah! Seigneur, dit-elle à ce Monarque en fondant en larmes, que
deviendrois-je si j'avois le malheur de vous perdre, & que de-

---

créatures, qui ne sont ni hommes, ni Anges,
ni diables, que les Arabes appellent *Ginn*. Ce
sont les génies bienfaisans; ils habitent, suivant
les Romans Orientaux, un pays particulier appellé le *Ginnistan*; ils font continuellement la
guerre aux mauvais génies appellés Dives.

viendroit mon fils? la prédilection
que vous avez toujours marquée
avoir pour lui, animera fans doute
fes freres contre ce Prince infor-
tuné ; les Sultanes même les
poufferont à fe venger fur moi,
de l'amour que vous m'avez témoigné fans interruption, depuis
fi long-tems ; elles ne me pardon-
neront jamais de leur avoir enlevé
votre cœur , & le malheureux
Batthal fera bientôt la victime de
toute leur fureur. Ne craignez
rien de pareil , reprit le Sultan de
Guzarate , je connois trop mes
femmes pour les croire capables
de concevoir des deffeins auffi
noirs ; mais afin de vous tranquillifer , je mettrai des bornes à leur
pouvoir. (a) Azerail n'eft pas encore au chevet de mon lit , & je
fens bien que ce jour terrible, &
qui doit faire trembler le plus pur

_____

(a) L'Ange de la mort.

de tous les Mufulmans, n'eft pas
encore fi proche. Ces affurances
calmerent pour quelque tems les
agitations de Goul-Saba ; mais
quelle fut fa douleur, & celle des
autres Sultanes, lorfque quelques
jours après Humayoun & Neriman ayant été vifiter enfemble
quelques Villes de Guzarate, des
Gouverneurs defquelles le Peuple
fe plaignoit, ils y furent attaqués
de la pefte, & que la nouvelle de
leur mort ayant été portée au Sultan, il en conçut une douleur fi
exceffive, que les Sultanes dès ce
moment, crurent s'appercevoir
que fes forces & fa fanté dimi-
nuoient extrêmement, & qu'il
ne parroiffoit plus s'occuper que
du foin d'aller rendre compte de
fes actions devant le Trône d'un
Dieu, dont les Rois, tout puif-
fants qu'ils parroiffent être, ne
font que le marchepied.

En vain les Médecins employerent tous leurs remedes ; il n'étoit pas étonnant qu'ils n'apportaffent pas de foulagement à la maladie du Monarque , puifqu'il n'en prenoit aucun : l'Iman qui fafcinoit, pour ainfi dire , les yeux de tous ceux du Sérail , le faifoit paroître très dangereufement malade , quoiqu'il jouît d'une fanté affez bonne , malgré fes chagrins ; enfin un jour qu'il fembloit plus accablé de fes maux qu'à l'ordinaire , ayant fait approcher de fon Sopha fes femmes & fes enfans : Je commence à m'appercevoir , leur dit-il d'une voix foible, & après les avoir embraffés tous avec tendreffe , que les Rois ne font pas plus exempts de la mort , que les derniers de leurs Sujets , & que quand ce jour plein d'allarmes approche , ils ont plus lieu de le craindre , que ne feroit le moindre des Muful-

mans : chargés du foin de tout le
peuple , qui eft fous leur domi-
nation , quel compte n'ont - ils
point à rendre de la mauvaife adminiſtration de leurs Royaumes ?
Livrés pour l'ordinaire dans leur
jeuneſſe aux plaiſirs les plus fen-
ſuels, ils ne s'embarraſſent guere
s'il y a dans leurs Etats des gens
qui gémiſſent dans la miſere &
dans la pauvreté, accablés le plus
fouvent par la dureté des Gouverneurs qu'ils leur envoyent.
C'eſt dans ce moment où je vois
que je vais defcendre dans l'abî-
me de l'éternité , que tout cela
fe préfente à mon imagination ;
que n'ai-je point à craindre, en
paſſant fur ce pont (*a*) terrible que

(*a*) Ce Pont , fuivant la Théologie des
Orientaux , s'appelle *Poul Serrha* , ce qui
fignifie Pont fur le milieu du chemin. Ils
croyent qu'au deſſous eſt un feu éternel que
c'eſt là qu'au jour du jugement dernier ſe fera
la féparation des bons & des méchans , & que

perſonne

perſonne ne peut éviter ? Que
de miſérables s'attacheront aux
bords de ma robe ? Ah ! j'en frémis
d'horreur ! Cependant je ſens qu'il
faut que je me prépare à ce rude
paſſage , & que je n'ai que quelques jours pour cela : mon corps
s'affoiblit de momens en momens,
& dans peu toute cette majeſté
qui s'eſt fait craindre aux Rois de
l'Indouſtan , & devant laquelle
tous mes Sujets trembloient, ne
ſera plus qu'un peu de pouſſiere.
Mais je vois couler vos larmes ;
elles m'attendriſſent trop ; rete-
nez-les , je vous en conjure , &
écoutez mes dernieres volontés
avec attention.

---

ceux qui auront ſouffert quelqu'injure , dont on
ne leur aura pas fait raiſon , s'attacheront alors
au bord de la veſte , & ſe jetteront aux jambes
de celui dont ils auront droit de ſe plaindre Les
Perſans ſur-tout ſont très infatués de la crainte
de ce Pont.
*Voyez les Voyages de Chardin , Tome 7. folio
50. & la Religion ou Théologie des Turcs , par
Echialle Mouſti , Tome 2. Chap. 35. folio 16.*

Si jamais je vous fus cher, c'est aujourd'hui, Sultanes, & vous, mes enfans, que je vous en demande une marque essentielle. Je veux absolument que l'on cache ma mort pendant quatre mois. J'ai pour cela des raisons dont vous serez instruits quand il en sera tems. Je souhaite que l'Iman Cothrob seul fasse toutes les cérémonies qui s'observent en pareille occasion : qu'il me renferme dans le tombeau de la Mosquée de ce Palais ; que sans cesse il y implore pour moi la miséricorde d'un Dieu terrible, mais toujours juste & bon, & que votre douleur ne transpire pas hors du Sérail. Voici mes dernieres volontés écrites dans ce paquet, scelé de mon Sceau. Je vous défends, sous peine de ma malédiction, de le faire ouvrir, que le tems que je vous marque ne soit expiré ; cependant je veux que mon premier Vifir agiffe toujours en mon nom, & qu'il reçoive les ordres de Cothrob comme il a fait depuis que je fuis malade. Cet Iman feul, dont l'extrême fageffe vous eft connue, & à qui je confie mon teftament, eft dépofitaire de mes intentions. Vous, mes fils, honorez vos meres, vivez dans l'union & dans la paix, fans exciter aucun trouble dans l'Etat : & vous, Sultanes, fi je vous ai caufé de la mortification par mon amour pour Goul-Saba, pardonnez-la moi, en l'attribuant à la foibleffe humaine, & oubliez, s'il eft poffible, l'averfion que vous pourriez avoir conçue pour elle & pour fon fils : je les exhorte l'un & l'autre à vous aimer & à vous refpecter, & je les prie de fe reffouvenir que fans prefqu'aucun ménagement, je leur ai donné toute mon affection, tandis que je vous en privois en apparence ; car ne croyez pas que j'aie jamais cessé d'avoir pour vous , au fond de mon cœur , les sentiments de tendresse que vous méritiez avec tant de justice , par la douceur avec laquelle vous avez supporté mes égarements.

Voilà , quant à présent , quelles sont mes volontés : vous saurez le reste dans le tems que je vous ai prescrit ; en attendant ce moment vivez en paix dans ce Palais. dont je vous défends de sortir. Comme je crois connoître la foiblesse du cœur des femmes , je ne vous empêche pas de vous remarier lorsque vous le pourrez avec bienséance , quoiqu'une espece de pudeur & la majesté de votre rang doive vous en empêcher ; songez seulement à ne point prendre d'engagement dont vous puissiez rougir , & souvenez-vous tous de ne point encourir ma malédiction , en vous écartant de ce que je viens de vous ordonner.

Les Sultanes & les Princes fondoient en larmes pendant tout ce difcours ; ils avoient le cœur fi ferré, qu'ils ne pouvoient prononcer une feule parole. Le Sultan feul paroiffoit tranquille, & ayant ordonné à l'Iman de lui préfenter l'Alcoran, il les fit jurer fur ce faint Livre, qu'ils exécuteroient avec la derniere exactitude, tout ce qu'il avoit exigé d'eux ; & après les avoir embraffés avec une extrême tendreffe, il leur témoigna qu'ils lui feroient plaifir de fe retirer de fon appartement, pour qu'il ne fût plus occupé dans ces derniers moments, que du foin de penfer à fa confcience. Quelque violence qu'un pareil ordre leur fît, ils obéirent, & fortirent de la chambre du Sultan, pénétrés de la plus vive douleur.

I iij

Depuis ce moment, & pen-
dant deux jours entiers, l'Iman
ne parut employé auprès d'Oguz
qu'à lui faire la lecture du Livre
divin recueilli par le grand Prophete. Enfin l'inftant funefte de
la mort du Sultan ayant été an-
noncée par Cothrob dans le Sérail, il alloit être rempli de cris
& de gémiffements, fi le fage
vieillard n'avoit pas remontré aux
Sultanes & aux Princes, que
cette douleur trop marquée feroit connoître ce que le Monarque avoit recommandé que l'on
cachât avec tant de foin : les Par-
ties intéreffées ayant donc renfermé dans le fond de leur cœur
le violent défefpoir dont elles
étoient agitées, on laiffa à l'Iman
le foin de la fépulture du Sultan ;
pour cet effet l'ayant porté lui-
même dans fon appartement qui
touchoit à la Mofquée, il feignit
de laver fon corps, de l'enfevelir

dans un linceul fur lequel ce
Monarque (a) de fon vivant avoit
fait écrire tout l'Alcoran ; &
ayant fubftitué une buche dans le
cercueil , il fit croire qu'il l'avoit
renfermé dans le tombeau qu'il
s'étoit deftiné.

Tout l'intérieur du Sérail ob-
ferva enfuite très religieufement
les cérémonies que l'on a coutume de faire en pareil cas ; les
Princes & les Sultanes vêtus de
robes brunes , refterent comme
immobiles pendant les huit premiers jours , & fe refuferent les
aliments les plus néceffaires ; le
neuvieme les Princes étant entrés au bain , fe firent rafer la tête
& la barbe ; ils prirent des habits
tous neufs ; & ayant paffé dans
l'appartement des Sultanes , ils
n'oublierent rien pour les confo-

(a) Les dévots Mufulmans croient que cela
leur eft d'un grand fecours pour être fauvés.

I iv

ler de la perte qu'elles venoient de faire : mais malgré cela elles donnerent jufqu'au quarantieme jour complet, des marques d'une douleur exceffive.

Quand ce tems fut expiré, chacune des Sultanes chercha une occupation qui pût adoucir fa douleur : l'une brodoit, l'autre filoit de la foie : pour Gehernaz qui touchoit admirablement du Luth, elle ne paffoit pas un jour fans chanter fur cet inftrument les louanges du défunt Sultan ; & comme elle faifoit fort bien des Vers, elle compofoit quelquefois des Pieces fi touchantes, & les prononçoit avec tant de paffion, qu'elle ne pouvoit les achever fans s'évanouir.

Les Princes & les autres Sultanes écouterent ces Vers lugubres avec plaifir pendant les premiers jours ; mais s'appercevant qu'ils ne faifoient que redoubler leur triftefle , ils la prierent de faire quelque trève à fa douleur.

Goul-Saba qui avoit craint le reflentiment des Sultanes, voyant qu'elles lui témoignoient beaucoup d'amitié, crut pour gagner encore davantage leur bienveillance , qu'elle devoit leur parler ainfi. Notre fouverain Seigneur eft mort depuis près de deux mois , leur dit-elle , nos larmes, nos fanglots, nos gémiffemens ne lui rendront pas la vie, au contraire , elles altéreront notre beauté , dont il nous a permis de faire ufage , quand le moment qu'il nous a prefcrit fera fini : croyez-moi, Sultanes, mettons des bornes à notre douleur , & cherchons jufqu'à ce tems des amufements plus convenables à notre fituation ; pour moi je vous déclare que je ne veux point m'enfevelir toute vive : je ferois donc d'avis que nous priffions là-

deſſus l'avis du Prince Schirin.
Si ce conſeil ne fut pas généralement approuvé, il ne fut pas rejetté ; & ayant été réſolu que l'on
devoit chercher un genre de di-
vertiſſement honnête, qui pût
écarter les triſtes idées dont ils
étoient environnés, on pria Schirin, qui étoit naturellement fort
gai, d'y pourvoir ; il y avoit
rêvé pendant quelques jours, lorſque tout d'un coup il ſe préſenta
à ſon eſprit un moyen ſûr d'amu-
ſer les Sultanes pendant quelques
momens ; & le leur ayant communiqué, il fut généralement approuvé.

Celui qui avoit l'inſpection ſur
le Karavanſerail qui avoit été auparavant le Palais d'Oguz, avoit
été eſclave de Schirin, il l'envoya chercher. Saady, lui dit-
il, le Sultan mon pere eſt infirme
& plongé dans une noire mélan-
colie dont nous avons tout lieu de

craindre les fuites ; nous inven-
tons tous les jours quelque chofe
de nouveau pour le réjouir , mais
la maticte eft épuifée de notre
part ; j'ai imaginé que tu étois le
feul homme qui pût déformais
nous être utile pour lui procurer
quelque plaifir , & voici ce que
j'exige de toi : il vient à tous
momens des Voyageurs dans ton
Karavanferail , je veux tous les
foirs , fous un habit des plus fim-
ples , & avec une fauffe barbe ,
me trouver à leur arrivée ; quand
j'en verrai quelqu'un à mon goût,
c'eft-à-dire , qui me paroîtra pouvoir convenir à nos deffeins , je
le ferai enlever & porter dans le
Palais. Eh ! Seigneur , reprit
Saady , comment pourrez-vous
faire cette opération fans que l'on
s'en apperçoive ? cette violence
fera du bruit. Je ne prétends point
en ufer , ajouta le Prince ; voici
de quelle maniere je m'y pren-

drai: quand je croirai avoir trouvé
un Voyageur tel que je le souhaite, tu lieras amitié avec lui, tu
lui proposeras de faire une petite
débauche dans ta chambre ; je
serai de la partie, nous souperons
ensemble, & sur la fin du repas,
nous mêlerons dans sa boisson de
la décoction de (a) Bueng. Quand
elle aura fait son effet, je le ferai
emporter sur un brancard dans le
Sérail ; & là nous nous réjouirons

(a) En Perse l'infusion de la graine de pavot,
avec celles de chenevis, de chanvre & de
noix vomique, s'appelle *Bueng* & *Poust* ; elle
jette, selon la dose que l'on en prend, dans une
démence boufone & gaie, & en peu de tems
son usage hébête tout-à-fait. Dans les Indes le
Bueng est plus simple & moins dangereux ; c'est
du chanvre tout pur, graine, écorce & feuilles
broyées & infusées ensemble ; cependant l'usage trop fréquent en devient mortel avec le tems.
Noblot dans le cinquieme volume de sa Géo-
graphie universelle, fol 495, dit que dans l'Isle
de Madagascar il y a une espece de chanvre dont
les feuilles étant mâchées comme le tabac,
étourdissent & plongent dans un sommeil, dont
on se réveille fort gai & fort joyeux.

de sa surprise ; puis quand nous
en aurons tiré tout le plaisir que
je me propose, ou par le récit de
ses avantures, ou de quelque maniere que ce puisse être, une se-
conde dose le replongeant dans
le sommeil, je le ferai, si je le
juge à propos, reconduire au
Karavanserail, où sans doute à
son réveil il regardera comme un
rêve tout ce qui lui sera arrivé; je
veux même me donner ce divertissement dès ce soir, si la chose
est possible. Seigneur, dit alors
Saady, cette idée me paroît très
plaisante; & elle est d'autant plus
facile à exécuter dans ce jour,
qu'il y a actuellement dans le Karavanserail trois jeunes hommes
à qui j'ai cédé ma chambre, &
avec lesquels je dois souper ce
soir : ils sont habiles musiciens,
à ce que j'en puis juger par quelques paroles fort tendres que je
leur ai entendu chanter : une fem-

me d'environ cinquante ans qui
se dit leur mere, les accompagne ;
& comme ils doivent partir demain , vous pouvez les garder
dans votre Palais tant que vous les
jugerez nécessaires à vos plaisirs ,
sans qu'on ait le moindre soup-
çon de leur enlevement. Très
volontiers, reprit le Prince, j'irai
ce soir souper avec toi , & je vais
donner ordre pour le transport de
ces quatre personnes. Schirin ,
très content du plaisir qu'il alloit
procurer aux Sultanes , courut
leur annoncer cette nouvelle ;
elles en furent charmées , à l'exception de Gehernaz qui témoigna que cette espece de divertissement lui paroissoit hors de propos , mais qui se rendit à la plura-
lité des sentiments , quand elle
apprit que Cothrob ne le désap-
prouvoit pas , & témoignoit même qu'il en verroit l'éxécution
avec plaisir.

Schirin avoit trop d'impatience d'exécuter son projet, pour ne se pas rendre de bonne heure au Karavanserail : il s'étoit travesti en Fakir (a), avec la dépouille d'un tygre sur les épaules, un bonnet de peau d'agneau sur la tête, & un grand bâton à la main; en cet équipage il entra hardiment dans la chambre de Saady : Frere, lui dit-il, je viens souper avec toi, te voilà en bonne compagnie, tant mieux, nous en ferons meilleure chere; pour l'augmenter voilà un flacon de vin de Schiraz que je t'apporte; il m'a été donné par une vieille femme,

_____

(a) Il y a plusieurs genres de Religieux chez les Mahometans, *les Derviches, les Fakirs, les Calenders & les Teberra.* Les Derviches sont habillés modestement & pauvrement; pour les autres, ils sont vêtus comme des boufons de théâtre, & le plus burlesquement du monde, chacun suivant sa fantaisie; leur genre de vie est tout-à-fait libre, & même tend au libertinage.

qui vient de me prier d'intercéder auprès de notre Prophete pour que son mari, qui a gagné une fluxion de poitrine, ne releve pas de cette maladie ; elle est amoureuse d'un jeune homme de ses voisins qu'elle voudroit bien épouser ; je l'ai assurée que Mahomet ne me refuseroit pas cette petite grace ; & à compte de ce qu'elle m'a promis, si mes prieres opéroient, j'ai toujours emporté cette bouteille. Les trois jeunes gens & la vieille se mirent à rire de l'entrée du Fakir ; on se plaça à table quelque tems après ; le repas fut assez gai, l'on vuida la bouteille de vin de Schiraz, & sur la fin, Schirin ayant mêlé du Bueng dans l'eau & dans le vin, il fit bientôt l'effet qu'il attendoit. Ces quatre personnes tomberent dans un assoupissement si profond, qu'on les emporta au Palais sans aucun sentiment, & qu'on les posa

posa sur des Sophas où ils furent plus d'une heure sans se réveiller.

Si l'Iman Cothrob , malgré son âge & sa gravité , avoit consenti si aisément à ce genre de divertissement, ce n'étoit pas sans une raison essentielle : comme sans être vû , lui dit le Sultan , je serai témoin de tout ce qui se dira dans ce Palais, je ne serai point fâché qu'il s'y passe quelqu'avantures qui me donneront peut-être occasion de connoître encore mieux les sentiments de mes femmes ; je ne veux point les gêner , & quelque conduite qu'elles tiennent , je me suis proposé de regarder le tout d'un œil tranquille : si les Sultanes m'ont véritablement aimé , elles ne feront rien d'indigne d'elles : en ce cas je saurai bien reconnoître leur tendresse ; mais si je puis découvrir qu'il n'y ait eu que de la dissimulation dans l'amour qu'elles

Tome I.   K

me témoignoient , elles me deviendront dès ce moment si in-
différentes, que je ne prends plus
aucune part à ce qui les regarde.
Voilà , mon cher Cothrob , le
parti que j'ai pris ; notre grand
Prophete , dont vous êtes le favori , m'a donné sans doute par
votre moyen cette force d'esprit,
si peu commune dans un pays où
la jalousie la plus mal fondée,
cause ordinairement des effets
terribles , & je regarderai tout ce
qui va se passer en ces lieux,
comme si je n'y prenois aucun
intérêt.

A peine le Sultan achevoit de
parler , que Cothrob sachant
que les jeunes gens & la vieille
étoient sur le point de se réveiller , il quitta Oguz , pour se rendre dans la salle où les Sultanes
& les Princes attendoient que
l'assoupissement de ces Voyageurs fût fini : sitôt que l'on en

eut quelque certitude, l'on releva une portiere d'étoffe d'or qui
couvroit l'estrade ; & ces gens,
après avoir ouvert les yeux, &
avoir pendant plus d'un quart
d'heure tenu des discours vagues
& peu sensés, témoignerent une
extrême surprise de se trouver
dans un salon éclairé de plus de
cent bougies, qui en répandant
une lumiere très vive, exhaloient
les odeurs les plus exquises ; ils
avoient devant eux un pupitre,
sur lequel on voyoit des Livres
de Musique, à leurs pieds étoient
tous les instruments que l'on peut
souhaiter, & ce qui augmenta
leur étonnement, ce fut la présence des Sultanes & des Princes
superbement vêtus, tous brillans
de pierreries, & qui observoient
un profond silence. Ils se regar-
derent assez long-tems sans parler ; mais Schirin qui depuis qu'il
avoit quitté l'habit de Fakir & sa

barbe postiche, leur étoit absolument inconnu, les ayant priés de commencer le concert qu'ils leur avoient promis, ils prirent chacun un instrument ; & quoiqu'ils sussent bien n'être entrés avec la compagnie dans aucun engagement, ils chanterent à Livre ouvert une espece de Tragédie, dont les paroles étoient si tendres, & la musique si touchante, que le plus jeune des trois Musiciens, qui étoit d'une rare beauté, ne put achever son rôle sans verser des larmes en abondance. Si les Sultanes avoient été charmées de la voix de ces étrangers, elles se sentirent pénétrées de la douleur qui paroissoit dans toutes les actions de ce jeune homme, & furent encore plus touchées lors qu'étant tombé évanoui, & Schirin ayant voulu lui porter du secours, on s'apperçut en ouvrant sa veste à l'endroit de l'estomach, que c'étoit une fille ; les Sultanes alors s'en étant approchées , la firent revenir à elle , & voyant peinte sur son visage une extrême pudeur , & un violent chagrin de s'être trouvée dans cet état : rassurez-vous , belle étrangere , lui dit Gehernaz , vous êtes ici en sureté , & il n'y a personne dans ces lieux qui ne s'intéresse à votre affliction. L'étrangere revenue de ses inquiétudes , remercia la Sultane de ses bontés : Madame , lui dit-elle , je ne sais si je dors ou si je veille ; arrivée depuis deux jours à Cambaye , nous soupâmes hier dans la chambre du Concierge du Karavanserail , avec lui & avec un Fakir qui nous parut de fort bonne humeur ; nous nous endormîmes après souper suivant toutes les apparences , & je ne conçois pas par quel enchantement nous nous trouvons transportés dans un Palais qui ressem-

ble par le brillant de ſes richeſſes,
à ce lieu de délices que notre Prophete promet à ſes Elus. Ma
chere fille, reprit bruſquement la
femme qui paſſoit pour la mere
de ces trois jeunes gens, je crois
avoir pénétré le myſtere de cette
avanture : tous les anciens Romans Turcs & Perſans, dont j'ai
fait autrefois la lecture, ſont remplis d'évenements bien plus merveilleux; ſi ce qui ſe paſſe en ce moment n'eſt pas l'effet d'un ſonge, il
faut que nous ayons été tranſpor-
tés pendant cette nuit dans le Ginniſtan, & tous les objets que nous
voyons ici doivent être cette
belle eſpece de créatures que l'on
appelle Periz & Perizes, qui ne
ſont produites que pour faire du
bien aux hommes, & pour ſoulager les malheureux; vous avez beſoin de leur ſecours ; ainſi tâchez
de les mettre dans vos intérêts,
en leur faiſant part de tous les

accidents de votre vie , ce récit
leur ôtera la mauvaise opinion
qu'ils pourroient avoir conçue de
vous , en vous voyant travestie
sous cet habit , & dans la compagnie de ces deux jeunes gens.
Cela me paroît bien inutile , reprit la jeune fille ; les Periz n'ignorant de rien , doivent lire au fond
de mon cœur ; & si ces personnes
sont de cette espece , elles savent déja toutes mes avantures ,
sans que je les leur raconte ; faites
comme si nous ne les savions
pas , dit alors l'Iman en riant
ainsi que les Sultanes , de l'idée
de la vieille , qui étoit très conforme à la vrai-semblance , & encore plus à leur intention , &
soyez persuadée que nous tâche-
rons , autant qu'il sera en notre
pouvoir , d'adoucir vos malheurs.
Ah ! reprit la bonne mere , je ne
faisois pas attention que ma chere
fille est trop émue à présent pour

commencer ce recit , attendez s'il vous plaît qu'elle foit un peu remife de l'agitation où elle eſt, les faits fe préfenteront alors bien mieux à fa mémoire. Pendant ce tems je vais raconter à ces intelligence bienfaifantes , l'Hiſtoire de ma vie , & je n'en obmettrai pas la moindre circonſtance : la vieille alors voyant qu'on lui prêtoit filence , parla en ces termes.

PREMIERE SOIRÉE.

Hiſtoire de Karabag.

QUOIQUE vous me voyez des cheveux prefque blancs , il faut que vous fçachiez que j'ai été autrefois très jolie ; on me nommoit (a) Karabag , parce

---

(a) *Karabag*, fignifie jardin noir.

qu'avec

qu'avec la peau extrêmement
blanche, j'avois les cheveux du
noir le plus parfait. On ne parloit que de moi dans tout le
quartier (*a*) d'Ormuz où je de-
meurois ; & fur cette réputation,
un de nos voisins qui passoit pour
être fort à fon aise, devint amoureux de moi, & me demanda en
mariage. Mes parents comptant
que c'étoit un avantage pour moi,
y consentirent bientôt, & j'épou-
fai ce voisin qui s'appelloit Bahalul. C'étoit un fort honnête homme, très bien fait, les traits réguliers, d'une humeur pacifique ;

(*a*) Texeira dans fon hiftoire d'Ormuz,
dit qu'après que les Selgiucides eurent obligé par leurs pilleries les habitans de l'ancienne ville d'Ormuz, qui étoit fituée au milieu
d'une Plaine très fertile en palmiers d'Indes,
dans la Province de Kerman qui eft la Cara-
manie Perfique, à quitter cette ville, ils fe retirerent dans l'Isle de Gerun, où ils bâtirent
la nouvelle ville appellée aujourd'hui Ormuz
ou Hormouz : cette Isle eft fituée fur le Golphe de Perfe,

il m'aima beaucoup, je répondis exactement à sa tendreſſe, & au bout d'un an j'accouchai d'un fils que nous appellâmes Albaert : vous le voyez dans le plus grand de ces deux jeunes gens, à côté de celui qu'il tient par la main, & qui eſt ſa femme : je vous expliquerai pourquoi, ainſi que cette belle perſonne dont je ne ſuis point la mere, elles ſont toutes deux traveſties ſous des habits d'un autre ſexe.

Mon mari aimoit paſſionnément la Chimie ; il l'avoit étudiée ſous un très habile maître, qui lui avoit enſeigné les plus beaux ſecrets du monde ; & les cures merveilleuſes qu'il faiſoit tous les jours dans Ormuz, lui avoient donné tant de réputation, que les Médecins de cette Ville conçurent une extrême jalouſie contre lui : on le menaça même de lui faire un mauvais parti ; & Bahalul craignant pour sa vie, résolut de s'absenter quelque tems, & me fit part du dessein qu'il avoit de voyager. Il n'y avoit pas plus de huit ans que nous étions mariés, nous nous aimions tendrement, & vous pouvez juger que cette séparation me fut d'autant plus sensible, que j'étois enceinte quand il partit, & que trois mois après j'accouchai d'une fille qui mourut six semaines après être née : je ressentois encore vivement la douleur de la séparation d'avec mon mari, lorsque le premier Visir du Sultan d'Ormuz qui avoit fort aimé mon Pere, sachant que je venois d'accoucher, me fit proposer de nourrir une fille qui venoit de naître à notre Monarque ; je ne crus pas devoir refuser un honneur que je comptois qui me procureroit une protection certaine. Je fus acceptée ; j'entrai dans le Sérail,

& je donnai la mamelle à la Princesse Canzadé. L'on peut dire
qu'avec l'humeur d'un Ange,
cette aimable enfant étoit d'une
beauté parfaite. Mais que les graces dont elle étoit ornée lui ont
été funestes ! Vous en jugerez
bientôt par le récit de ses malheurs ; je reviens à ce qui me regarde. Pendant que j'étois dans
le Sérail où je demeurai sept années entieres, Albaert que j'avois
mis en pension chez un maître
qui n'oublia rien pour l'instruire,
devint grand, & le Visir qui me
protégeoit, l'ayant trouvé bien fait
& d'une phisionomie heureuse,
me le demanda pour tenir compagnie à son fils. Comme il avoit
toutes les dispositions nécessaires
pour les exercices du corps, il
apprit bientôt avec le fils du Visir tout ce qui peut rendre un ca-
valier parfait, & par-dessus cela,
il s'attacha tellement à la musique
qu'il y excella,

Pendant près de dix années d'absence, Bahalul m'avoit donné sept ou huit fois de ses nouvelles, il revint enfin de ses voyages, & amena avec lui un homme dont la figure & les manieres étoient si respectables, que je ne pus le regarder sans une espece de vénération. Comme il y avoit près de trois ans que j'avois quitté le Sérail, & que j'étois retournée dans ma maison, après les premieres marques de tendresse que mon mari m'eut données, il me présenta son compagnon de voyage : Ma chere Karabag, me dit-il, je vous ai toujours reconnue si discrete, que je n'ai rien eu de caché pour vous : vous voyez dans cet ami que je compte qui voudra bien être notre hôte, un des plus savants hommes de la terre, & dont les mœurs répondent à la capacité : écoutez de quelle maniere j'ai acquis son amitié.

Karabag alloit continuer de parler, lorfqu'une efclave s'étant préfentée devant les Sultanes, Gehernaz prit la parole : Voilà l'heure à laquelle nous fommes obligées de nous retirer tous les foirs, dit-elle à cette femme, mais nous prenons trop d'intérêt à tout ce qui vous regarde, & à l'affliction de cette belle perfonne ; pour ne pas fouhaiter de favoir la fuite de votre Hiftoire & la fienne : ce fera pour demain à peu-près à pareille heure. Jufqu'à ce moment l'on va vous conduire dans un Apartement, où vous ne manquerez de rien ; l'on aura foin que pour le repos dont vous pouvez avoir befoin, & les aliments qui vous font néceffaires, tout vous foit fourni en abondance ; vous n'aurez qu'à fouhaiter, & faire connoître vos intentions, vous ferez fervis fur-le-champ ; mais n'attendez pas

que ceux qui feront auprès de
vous, vous donnent aucun éclair-
ciſſement ſur le lieu où vous êtes,
& ſur ce que nous ſommes : Ils
perdroient en un moment par
leur indiſcrétion, tout l'avantage qu'ils peuvent eſpérer d'une
obéïſſance aveugle à nos volontés, & dans l'inſtant même vous
courriez riſque de la vie, ſans
que nous puiſſions vous en garan-
tir : voilà donc la condition ſous
laquelle vous pouvez reſter en
ces lieux ; ſi vous vous y en-
nuyez, vous n'avez qu'à le témoigner, vous ſerez ſur-le-champ
remis dans le lieu où l'on vous a
pris.

Madame, reprit Karabag,
quoique l'on regarde la curioſité
comme un vice attaché à notre
ſexe, je vous réponds que ce ne
ſera pas par cet endroit que nous
quitterons ce Palais enchanté ;
nous ſommes ſi perſuadés de la

supériorité de votre effence , que
nous n'avons pas befoin d'être
confirmés dans cette croyance
par qui que ce foit : ne craignez
donc rien de notre indifcrétion ;
& puifque vous allez vous retirer,
il n'y a qu'à nous faire conduire
où vous fouhaitez que nous paffions la nuit & la journée de demain, & à l'heure que vous nous
le ferez favoir , nous nous rendrons à vos ordres.

Gehernaz & les Princes char-
més de la docilité de leurs hôtes, leur en marquerent leur contentement : on les fit paffer dans
un Appartement fuperbe ; ils y
trouverent toutes fortes de rafraîchiffements, & des lits tout dref-
fés, dont la magnificence les confirma dans l'idée qu'ils étoient
dans un lieu enchanté. Après y
avoir joui d'un fommeil tranquille , avoir paffé tout le jour dans
des repas d'une délicateffe ex-

quife, à fe promener dans les Jardins, & à confiderer avec admiration toutes les beautés de ce divin féjour, on vint les avertir fur le foir qu'ils étoient attendus dans le Sallon : ils y trouverent tout difpofé de la même maniere que la veille, & Gehernaz qui portoit la parole, ayant prié Karabag de continuer fon Hiftoire, elle le fit en ces termes.

SECONDE SOIRÉE.

Suite de l'Hiftoire de Karabag.

JE vous difois hier, Mefdames, que mon mari alloit me raconter de quelle maniere il avoit fait connoiffance avec l'homme qu'il me préfentoit ; voici comme il me parla : En paffant dans le cours de mes voyages par la

Ville de Damas (*a*) j'appris que le Sultan qui y regne y retenoit dans ses prisons un homme d'un mérite singulier ; je m'informai du sujet de sa détention, je sus que ce malheureux prisonnier avoit eu l'indiscrétion, dans les Etats de ce Prince , de transmuer en or quelques livres de plomb ; que ce Monarque en ayant été averti , l'avoit fait amener en sa présence, & l'avoit voulu obliger de lui découvrir un secret qu'il étoit d'autant plus curieux d'apprendre, que par une imprudence qui ne lui étoit pas par-

_____

(*a*) *Damas*, Ville Capitale de la Syrie. La plus commune opinion des Orientaux , est que cette Ville a tiré son nom de Dimschak , ou Damaschk, Eliezer , serviteur d'Abraham , & que c'est ce Patriarche qui en est le Fondateur: d'autres croyent qu'elle doit son origine à Demschak fils de Chanaan , fils de Cham , fils de Noé. Cette Vile est au pied du mont Liban : les Arabes appellent la Plaine de Damas, Gaouthah , & on la regarde comme un des quatre paradis de l'Orient.

donnable, il avoit, dix ans auparavant, manqué cette occafion.
Voici de quelle maniere cela
étoit arrivé. Un homme qui n'a-
voit rien de recommandable dans
fa figure, étant arrivé à Damas,
& y ayant trouvé le Karavanfé-
rail trop plein de monde, s'a-
dreffa à un Fondeur, & le pria de
vouloir bien le loger chez lui
pour trois ou quatre jours. Le
Fondeur l'ayant reçu dans fa maifon, & l'ayant traité de fon mieux,
fut dans une extrême furprife, en
voulant vuider des moules dans
lefquels il avoit jetté plufieurs
chandeliers & autres ouvrages de
fon art, de trouver que tout fon
cuivre étoit converti en très bon
or. Etonné de cette métamor-
phofe, & fans réfléchir à ce qu'il
faifoit, il appella un de fes voifins, & lui ayant montré un
de ces chandeliers, cette avanture fut bientôt fue du Cadhï

(a), qui s'étant fur-le-champ tranfporté chez le Fondeur, l'inter-
rogea fur un évennement auffi fin-
gulier : cet homme lui jura qu'il
ne favoit comment cette tranf-
mutation avoit pû fe faire, &
que perfonne n'avoit approché de
fon fourneau, qu'un inconnu qui
ayant logé plufieurs jours chez
lui, étoit venu quelquefois le voir
travailler, & en étoit parti la veille. L'Etranger qui s'étoit imaginé que le Fondeur auroit la dif-
crétion de profiter feul de fa bonne fortune, ne fe méfioit de rien
& marchoit doucement & à petites journées, lorfqu'il fut arrêté
par ordre du Cadhi qui avoit mis
beaucoup de monde en campagne pour le chercher : il fut rame-

(a) Le *Cadhi*, chez les Mufulmans, eft un
Juge qui décide parmi eux tous les points de
droit, même de Religion avec appel cependant en dernier cas au Mufti, qui eft fouverain dans cette matiere.

né à Damas, & conduit droit chez
le Sultan : ce Monarque l'ayant
fait entrer dans son cabinet , lui
fit remarquer plusieurs pieces très
rares qui en faisoient l'ornement,
& en particulier les chandeliers
d'or qui lui avoient été apportés
de chez le Fondeur ; & voyant
que l'Inconnu ne témoignoit faire
aucun cas de ce qu'il lui mon-
troit : ce que j'estime le plus de
ces chandeliers , lui dit-il, c'est
qu'ils savent faire dire la vérité
à ceux à qui on les fait voir , ou
qu'ils doivent s'attendre en ne la
voulant pas dire , aux supplices
les plus cruels. L'Etranger qui entendit parfaitement le sens de ces
paroles, loin d'en être effrayé,
ne fit qu'en rire. Seigneur , ré-
pondit-il au Sultan d'un air aussi
libre que respectueux, je suis persuadé que sur des ames basses &
serviles, l'or a un grand ascen-
dant ; pour moi j'en fais si peu

d'estime, que je ne crois pas que les vertus de ce métal soient comparables à la puissance que je sais donner à un morceau de papier. En même tems ayant demandé au Sultan la permission d'écrire un petit billet qui lui alloit faire voir des choses merveilleuses, & l'ayant obtenue, il écrivit deux lignes, mit le billet plié dans sa bouche, & l'assura que par le moyen de ce charme ou talisman, il étoit devenu invulnérable, & que s'il vouloit en faire l'expérience, il pouvoit le frapper hardiment de son sabre sans crainte de l'offenser. Le crédule Sultan ayant tiré son cimetere, lui en déchargea un si grand coup sur la tête, qu'il la lui fendit jusqu'à l'endroit où étoit le billet, dans lequel il lut ces mots. *Je sais mourir, mais je ne sais pas communiquer mon secret.* On peut juger de l'étonnement & de la

dôuleur de ce Monarque. Le Sultan ayant donc appris qu'un nouveau Philosophe avoit fait une pareille opération dans Damas, il
le fit enlever & conduire dans
son Palais avec dessein de s'y
prendre d'une autre maniere pour
l'engager à lui communiquer son
secret : Fariabi (c'est le nom de
notre hôte) qui ignoroit l'histoire que je viens de raconter , ne
pouvant nier qu'il eût changé du
plomb en or , en convint ; mais
il assura le Sultan qu'il ne savoit point la composition de la
merveilleuse poudre qui produi-
soit des effets si surprenants ; que
c'étoit un Inconnu auquel il avoit
sauvé la vie en Egypte qui la
lui avoit donnée , & qu'il sup-
plioit ce Monarque d'accepter
ce qui lui en restoit , & de lui
rendre la liberté.

Le Sultan ne se paya pas de
cette réponse : il prit bien la pou-

dre qui étoit en très petite quan-
tité, mais après avoir essayé les
promesses.les plus brillantes sans
avoir rien pû obtenir de Fariabi,
il en vint aux menaces, & des
menaces aux effets, puisqu'il lui
fit souffrir la torture la plus cruelle, sans en avoir pû tirer la moindre parole.

J'arrivai à Damas, dans ces circonstances, & lorsque cette avanture y faisoit le plus de bruit;
indigné contre le Sultan au récit
des cruautés qu'il avoit exercées
contre ce Philosophe, car je ne
doutois point que le prisonnier
ne fût un de ces sages que je sou-
haitois de voir depuis si long-
tems, je cherchai les moyens de
m'introduire dans la prison où il
étoit, & ayant lié amitié avec
le Concierge de la Tour où l'on
renfermoit ce malheureux, j'obtins de lui qu'il me feroit voir
un homme d'une espece si singuliere :

guliere : j'entrai plusieurs fois avec
lui dans son cachot, & ayant gagné l'un des Geoliers par des pré-
sents, il me permit un jour de
rendre seul une visite à ce grand
homme, auquel je témoignai une
extrême douleur de le voir dans
un état aussi déplorable, & l'envie que j'avois de l'en délivrer ;
mais comme je crus m'appercevoir qu'il manquoit de confiance à mon égard, & qu'il craignoit que je ne fusse apposté pour
le faire parler, je fis de mon
mieux pour le tirer de cette erreur, & j'y réussis. Arrachez-moi
de ces horribles lieux, me dit-il,
en m'embrassant, je n'en serai
point ingrat, c'est tout ce que
je puis vous dire si vous me par-
lez de bonne foi ; mais si vous
cherchez à me tromper, sachez
que puisque les plus cruels tour-
mens n'ont pû ébranler mon ame,
la mort même, sous quelque for-

Tome I.   M

me qu'on me la présente , ne me
fera jamais rien faire d'indigne
d'un Philosophe. Je le quittai en
lui promettant que j'allois tout
employer pour lui procurer la liberté. Alors je vendis des pierreries que j'avois achetées dans mes
voyages ; j'en fis dix mille pieces
d'or , & avec une partie de cet
argent ayant corrompu le Concierge & les Gardes qui étoient
à la prison , je les régalai un soir
splendidement, & après les avoir
fait bien boire , je les sommai de
leur parole : je leur rendis la chose facile en leur disant qu'ils pouvoient assurer que leur prisonnier
étoit mort de la violence des tour-
ments qu'il avoit soufferts , & y
substituer le cadavre d'un homme qui avoit été enterré le matin
dans un petit Cimetiere qui étoit
presqu'au pied de la Tour. Avec
de l'argent de quoi ne vient-on
point à bout ! Nous allâmes deux

Gardes & moi déterrer le mort,
& après avoir recouvert sa fosse
sans qu'il y parût, nous l'appor-
tâmes dans la chambre de Fariabi, nous l'habillâmes des habits
de ce Philosophe, nous enlevâ-
mes notre prisonnier que je fis
entrer vêtu en femme dans un
(a) Cagiavat sur un Chameau
que je tenois tout prêt, & étant
monté à cheval, nous sortîmes
de Damas à la petite pointe du
jour sans aucune inquiétude.
Nous étant arrêtés par son ordre

_____

(a) Le *Cagiavat* ou *Cajavah*, est une espece
de Cunes ou Berceau dans lequel en Orient
les femmes voyagent : on en met deux ordinairement sur un Chameau ; ils sont longs de
40 pouces, larges de 30, hauts de 10, & s'é-
largissent par-dessus, qui n'est fait que de cer-
ceaux : on les couvre de drap, ou de feûtre ;
& quand il n'y a qu'un des deux Cagiavat de
rempli, on met des coffres ou autres choses
de pesant dans l'autre, pour servir de contre-
poids. On peut y être aussi à son aise que dans
son lit, quand on est sur son séant.
Voyez le Chevalier Chardin, Tome 10. *folio*
214.

M ij

au village d'Effair qui eft à trois
lieues de cette Ville, j'entrai dans
une mafure abandonnée qu'il
m'indiqua, & j'y trouvai fous
une pierre affez difficile à lever,
une boîte de plomb que je lui
remis fans l'ouvrir.

———————————

TROISIEME SOIRÉE.

Suite de l'Histoire de Karabag.

QUOIQUE nous n'euffions aucun fujet de craindre qu'on nous
pourfuivît, continua Bahalul,
nous fortîmes avec précipitation
des Etats du Sultan de Damas;
& après avoir gagné (a) Alep,

———————————

(a) *Alep*, Ville célebre de la Syrie, à quarante lieues de Damas : elle eft fur la petite
Riviere de Singa.

Mouffoul ou *Moful*, Ville du Diarbek, ou
de l'ancienne Affyrie.

Bagdad ou *Badet*, Capitale de la Province

de là Mouſſoul & Bagdad , nous arrivâmes enfin à Balſora ; nous nous y embarquâmes pour Ormuz , où nous voici enfin arrivés ſans accident.

J'étois tranſportée de joie de revoir mon mari après une ſi longue abſence, pourſuivit Karabag ; il nous combla de carreſſes ſon fils & moi , & je fis mes efforts pour lui témoigner combien j'étois ſenſible à ſon retour , & aux marques de tendreſſe qu'il me donnoit. J'avois fait apprêter un fort bon repas, nos Voyageurs mangerent avec appétit , & ayant encore parlé de la priſon de Fariabi , je ſerois curieuſe , dis-je alors à mon mari , de ſavoir ce qu'il y avoit dans cette boîte de plomb que vous allâtes chercher dans une

_____

d'Yerak , anciennement Chaldée ; elle eſt ſur le Tigre ou Tigil.

Balſora ou *Baſrah* , Ville ſituée ſur le Tigre, à l'embouchure de ce Fleuve , dans le Golphe Perſique.

mafure auprès de Damas. Il eſt
aifé de vous ſatisfaire, me répondit fort obligeamment Fariabi,
tenez, mon aimable hôteſſe,
continua-t'il, la voici ; ouvrez-
la, tout ce qui eſt dedans eſt à
vous : je l'ouvris d'abord avec
précipitation ; mais quelle fut ma
ſurprife, quand je la trouvai remplie de diamants d'un prix très
conſi lérable. Ah ! Seigneur, lui
dis-je en voulant lui rendre la
boîte, je me connois aſſez en
pierreries pour savoir que je ne
dois point recevoir un préfent de
cette conféquence, & j'ai tout
lieu de croire que c'eſt une plai-
fanterie que vous me faites de
concert avec mon mari. Nullement, me dit-il ; de quelque prix
que puiſſent être ces diamants, je
vous prie inſtamment de les accepter ; c'eſt la moindre chofe
que je veuille faire pour l'épouſe
du généreux Bahalul : recevez-

les donc, je vous prie, si vous ne
voulez m'offenfer mortellement.
Je commençai à croire que le préfent étoit férieux, & Fariabi
m'ayant très preffée de ne point
refufer cette marque de fa reconnoiffance, je l'acceptai pour ne
le point chagriner.

Il y avoit plus de trois mois
que ce fage Philofophe vivoit avec
nous lorfqu'un jour en embraffant Bahalul : mon cher ami, lui
dit il, pourquoi jufqu'à ce jour
ne m'avez-vous jamais parlé des
promeffes que je vous fis dans la
prifon de Damas ? C'eft, lui répondit mon mari, que les diamants que vous avez voulu que
Karabag acceptât, ont payé plus
que fuffifamment le fervice que je
vous ai rendu; mais quand même
vous ne nous auriez pas donné,
comme vous avez fait, des marques d'une extrême reconnoiffance, je ne vous en aurois jamais

parlé, parceque vous étiez dans
les fers quand vous me jurâtes de
n'être point ingrat de ce que j'allois tenter pour vous rendre la liberté, & que je suis persuadé que
l'on n'est gueres obligé de tenir ce
que l'on promet dans une pareille
situation. Je vous sais bon gré
de penser ainsi, reprit Fariabi ;
ne croyez pas pourtant que je
borne mes remerciements au présent que j'ai fait à Karabag ; j'ai
quelque chose de plus précieux à
vous offrir : recevez cette boîte
remplie de la divine poudre qui
a fait tous mes malheurs ; que
l'exemple du sage à qui le Sultan
de Damas a ôté la vie par une
sotte crédulité, & que mon indiscrétion dans cette même Ville
vous rendent plus circonspect.
Avec ce que vous avez à présent
de cette poudre, il y a dequoi
transmuer en or presque tous les
métaux que la terre renferme dans

son

fon fein. Ce que je vous dis ne doit point vous furprendre ; je parle à un homme à qui il ne manque prefque rien pour être enfant de la fcience. Laiffez au vulgaire ignorant les préjugés dans lefquels il eft contre les vrais fages ; ne vous communiquez à perfonne, furtout aux Grands ; travaillez fans vous rebuter , & demandez à Dieu qu'il vous découvre un fecret que je ne dois pas révéler fans faire un grand péché , à moins que je ne connoiffe bien que le fujet à qui je pourrois en faire part , en foit digne.

Si Bahalul avoit écouté avec joie le commencement du difcours de Fariabi , il n'en entendit pas la fin fans chagrin : il n'en fit pourtant rien paroître ; au contraire , il lui marqua la plus vive reconnoiffance de tant de bienfaits , & ayant en fa prefence changé plufieurs livres de plomb

Tome I.   N

en or très pur, il les vendit à un Juif d'Ormuz.

Fariabi brûloit d'envie de se voir entierement rétabli des maux que la torture qu'on lui avoit donnée à Damas lui avoit causés : ce ne fut qu'après plus de six mois, & avec un élixir spécifique qu'il composa pendant tout ce tems, & que l'on peut appeller la Médecine universelle, qu'il vint à bout de réparer dans sa personne un épuisement total contre lequel la Pharmacie ordinaire n'avoit point de remede.

Cet illustre Philosophe ne passoit point de jour qu'il n'eût de secrettes conférences avec mon mari : plus il l'étudioit, plus il le trouvoit propre à être admis dans les mysteres dans lesquels il étoit déja initié. Enfin avant que de le quitter, il lui découvrit le premier agent de toutes choses, & en quatre paroles il l'instruisit de ce qu'il y avoit de plus caché dans la nature. On ne peut concevoir quelle fut en ce moment la joie de Bahalul ; mais elle fut bien combattue par la douleur qu'il eût de voir que Fariabi avoit pris une ferme réfolution de partir d'Ormuz le jour même ; fes larmes ne l'ébranlerent point : il nous embraffa tous tendrement ; & en difant adieu à Bahalul, il lui recommanda furtout l'humilité, la charité, & la crainte de Dieu, qui eft, à ce qu'il lui dit, le commencement de la véritable fageffe.

Ce ne fut point fans une extrême douleur, que nous vîmes partir ce grand homme ; mais enfin il fallut nous conformer à fes volontés ; & mon mari profitant exactement de fes confeils, fe renferma dans fon cabinet, & s'adonna uniquement à l'étude. Comme les vrais Philofophes fe cachent extrêmement , & que leur vie n'eft pas en sûreté , lorf- que l'on fait que la nature eft pour eux fans voile , Bahalul fe com- muniquoit très rarement , & ne recevoit prefque de vifites que du Juif qui achetoit de tems en tems fes lingots.

Etant devenus très riches par ce moyen ; nous ne fongeâmes plus qu'à établir notre fils unique: mon mari avoit remarqué qu'il avoit beaucoup de penchant pour le fexe : mon cher Albaert , lui dit-il un jour , heureux celui qui a une femme fage & vertueufe ; plus heureux encore celui qui peut s'en paffer ; je m'explique: quelque uni que vous foyez avec votre Epoufe , les fuites de cette union font prefque toujours fâ- cheufes ; des enfans vous caufent fouvent mille chagrins ; s'ils fe portent au bien , la moindre ma- ladie qu'ils ont , le plus petit

accident qui leur arrive , vous
mettent au défespoir , vous êtes
à tous momens dans l'appréhension de les perdre ; si, au contraire,
malgré toutes les peines que vous
vous donnez pour leur éducation , ils se tournent du mauvais
côté , dans quelles cruelles agitations n'êtes-vous pas à toutes les
heures du jour ? leurs débauches
ne sont-elles pas la source de mille
malheurs que vous ne sauriez pré-
voir ? Faites donc bien réflexion
à ce que je vous dis : si cependant
vous ne vous sentez pas assez de
force pour vivre saintement dans
le célibat , mariez - vous ; mais
faites ensorte , mon cher fils ,
qu'une aveugle passion ne vous
domine pas dans le choix que
vous devez faire. Je suis assez ri-
che pour que vous n'ayez pas be-
soin d'une femme qui vous apporte d'autre dot que celle de la
vertu & de la beauté ; cherchez

dans tout Ormuz une perfonne
qui puiffe vous convenir. Dans
quelque févérité que les femmes
foient élevées dans l'Orient, elles
trompent tous les jours leurs ma-
ris : informez-vous donc exactement des mœurs de la mere de
celle que vous choifirez ; pour
l'ordinaire il eft r. e qu'une femme fage & raifonnable ne mette
pas au jour des filles qui lui ref-
femblent ; ne vous alliez pas à une
perfonne de baffe extraction ,
vous n'y trouveriez que du défa-
grément ; mais auffi craignez de
vous attirer du mépris de la part
de votre femme , fi vous la prenez dans une condition trop au-
deffus de la vôtre ; c'eft, felon
moi, ce qu'un honnête-homme
doit avoir le plus de peine à fup-
porter.

QUATRIEME SOIRÉE.

Suite de l'Histoire de Karabag.

ALBAERT écouta les conseils de son pere avec beaucoup d'attention ; mais comme le tempéramment l'emportoit, il fit faire dans Ormuz des recherches exactes des plus aimables & des plus vertueuses filles qu'il y eût ; & après quatre mois de perquisition, il apprit qu'une bonne veuve qui demeuroit dans un quartier très éloigné du nôtre, avoit trois filles d'une rare beauté, & qu'elle les élevoit avec toute l'attention & la piété possible : cette découverte ne suffisoit pas à mon fils, il vouloit connoître à fond celle qu'il se proposoit d'épouser ; pour cet effet, comme il avoit à peine dix-huit ans, & qu'il étoit très agréable de

N iv

sa personne, il se travestit en femme, & se fit présenter par un de ses amis à cette veuve, qui cherchoit une esclave pour mettre auprès de ses filles ; sa figure revint fort à la mere, elle l'acheta presque sans hésiter ; & trouvant dans cette esclave beaucoup de modestie, de conduite & de talens, surtout un grand goût pour la musique, que ses filles aimoient passionnément, elle lui devint extrêmement chere.

Albaert qui nous avoit caché ses desseins, & nous avoit fait croire qu'il étoit allé faire un petit voyage de trois ou quatre mois, n'avoit jamais goûté tant de plaisir que dans la condition servile où il avoit bien voulu se réduire : il fut si enchanté du caractere d'esprit, de la douceur, de la vertu & de la beauté de ces charmantes filles, qu'il eût assez de peine à se déterminer sur le choix qu'il

feroit de l'une des trois ; il le fit
pourtant en faveur de l'aînée, qui
se nommoit Gul-Endam (a), &
qui avoit au plus dix-sept ans ; &
s'étant un jour échappé de cette
maison, qu'il laissa très affligée de
sa fuite, il revint au logis, &
nous raconta, à son pere & à moi,
la cause de son absence, & dans
quel lieu il s'étoit retiré pendant
plus de trois mois. Nous tremblâ-
mes l'un & l'autre du danger qu'il
auroit couru s'il avoit été découvert ; & après quelque tems Bahalul étant allé trouver cette Veuve dont le Mari avoit autrefois été
Cadhy d'Ormuz : je n'ignore pas,
lui dit-il, les bonnes qualités
de vos filles, & le soin que vous
avez pris de leur éducation ; ce
sont ces raisons qui me détermi-
nent à venir vous proposer une
alliance avec mon fils, que je

_____

(a) *Gul-Endam*, signifie Corps de Rose.

puis vous affurer n'être pas fans
mérite ; & pour vous faire voir à
quel point j'eftime la belle Gul-
Endam votre aînée, voilà deux
bourfes de dix mille pieces d'or
chacune, dont je la prie de faire
préfent à fes fœurs , pour leur
former un établiffement convena-
ble ; à fon égard , j'ofe l'affurer
qu'il y aura peu de femmes dans
toute la Perfe plus heureufe qu'elle de toutes les façons , & qu'elle
fera adorée de fon mari ; je ne
vous parle pas de mon bien ; par
le préfent que je fais à vos deux
cadettes , vous devez conjectu-
rer quelles doivent être mes richeffes. La bonne Veuve fut bien
étonnée d'un pareil compliment ;
elle le regardoit comme un fonge , & ne pouvoit s'imaginer
qu'il y eût de la réalité ; cependant elle fut obligée d'y ajouter
foi ; & remerciant Bahalul de fa
libéralité , elle fit venir fes filles

pour lui en rendre graces. Il fut
ébloui de leur beauté ; & trouvant que Gul Endam étoit véritablement une personne parfaite,
il tira de sa poche un fil de perles
& deux brasselets de rubis, d'un
prix des plus considérables, & la
pria de vouloir bien accepter ce
présent de la part d'un fils qu'il
aimoit tendrement, & qui sou-
haitoit avec une extrême passion
être son Epoux.

Gul-Endam surprise au dernier
point, rougit beaucoup de se voir
sans voile devant un homme ;
elle fut encore plus interdite des
ordres que sa mere lui donna de
recevoir ces présens, comme des
arrhes du mariage, qu'elle venoit
de conclure entr'elle & Albaert ;
cependant en fille sage & soumise
à ses volontés, elle témoigna
qu'elle étoit prête à le recevoir
pour son époux. Mon fils, poursuivit Karabag, avoit trop d'em-

preſſement de terminer cette affaire, pour que nous le laiſſaſſions
languir long-tems ; huit jours ſuf-
firent pour les apprêts, & il fut
au bout de ce tems marié à cette
aimable fille, avec laquelle depuis cinq ans il a vêcu dans une
union parfaite.

Gul-Endam, dans les premiers
jours de ſon mariage, ne ſe laſſoit
pas de regarder Albaert ; elle
cherchoit à ſe reſſouvenir où elle
avoit pu le rencontrer dans Ormuz, lorſqu'elle étoit quelquefois ſortie de la maiſon avec ſa
mere. Mon fils rioit en lui-même de ſon inquiétude ; & ce ne
fut qu'après plus d'un mois, qu'il
lui apprit l'innocent artifice dont
il s'étoit ſervi pour la connoître.
Une extrême rougeur couvrit en
ce moment le viſage de ſon Epouſe : quelque modeſte qu'elle eût
été pendant le ſéjour qu'Albaert
avoit fait chez ſa mere, ſous l'ha-

bit d'une esclave, il étoit presque
impossible qu'elle ne lui eût pas
laissé voir bien des beautés qu'elle
auroit cachées avec un soin extrême à tout autre qu'à des personnes de son sexe ; elle lui par-
donna pourtant cette tromperie,
en faveur des avantages qu'elle &
ses sœurs trouvoient dans notre
alliance, & de la passion qu'elle
ressentoit pour un époux qui méritoit toute sa tendresse.

Bahalul avoit tout lieu d'être
content de son sort : il se voyoit
au comble de ses vœux ; mais
comme il avoit de grandes graces
à rendre au Prophète, il résolut
de faire le pélerinage de la Mecque (a). Pour cet effet il partit

_____

(a) *La Mecque* est la Ville du monde la
plus connue par tout l'univers ; elle est située
dans cette grande presqu'Isle, comme les Orientaux l'appellent, que forment le Golfe de Perse, la Mer des Indes & la Mer Rouge : de laquelle elle est éloignée de dix lieues Persannes,
qui en composent plus de vingt des nôtres.

d'Ormuz ; & après un aſſez long trajet , étant parvenu par la mer rouge juſqu'à Gidda (*a*) , il ſe rendit par terre à la Mecque en trois jours ; là , après y avoir fait ſept fois le tour de l'Oratoire (*b*), y avoir baiſé la pierre (*c*) noire , vû

Il y a peine de mort de mettre le pied dans ſon territoire , c'eſt à-dire à dix lieues à la ronde, pour quiconque n'eſt pas Mahométan , ou ne le veut pas devenir.

(*a*) Gidda , près de la Mer Rouge , où l'on débarque pour aller à la Mecque : les Mahométans croient qu'Eve y eſt enterrée.

(*b*) Cet Oratoire s'appelle *Kaaba* ; on prétend qu'il a été bâti par Abraham. Les Pélerins proſternent la tête ſur le ſeuil, font ſept proceſſions à l'entour , & s'arrêtent aux coins pour les baiſer ; on y apporte tous les ans une nouvelle tenture de ces belles Etoffes que l'on fait à *Merdin* en Méſopotamie ; c'eſt le Grand Seigneur qui a ſeul le droit de la fournir , de même que pour la Chapelle de *Medine* , où Mahomet eſt enterré. Le Prince de la Mecque , que l'on appelle Cherif , diſpoſe de la vieille , qu'il envoie par morceaux en préſent , comme de précieuſes reliques. Cet Oratoire contient , à ce que l'on prétend , des richeſſes d'un prix ineſtimable.

(*c*) Cette fameuſe Pierre s'appelle *Barktan* ; tous les Pélerins ſont obligés de la baiſer ; elle eſt noire , polie , poſée à l'angle Oriental du

la goutiere (*a*) d'Or , fait sa station
& le Corban sur le mont (*b*) Ara-

Kaaba à quatre pieds & demi de hauteur , en-
tourée d'un cercle de fer ou d'or selon quelques uns , & suspendue à de grosses chaînes
d'or ; cette pierre , si l'on en croit la légende des
Mahométans , a été rendue noire miraculeuse-
ment pour avoir été baisée d'une femme , dans
un tems critique , & au moment qu'elle n'étoit
pas dans un état de pureté légale. L'on prétend
que lorsqu'Abraham voulut bâtir le *Kaaba* , les
pierres venant d'elles-mêmes & toutes taillées
se présenter à lui , celle-ci s'étant trouvée de
reste , & s'en affligeant ; ne vous fâchez point ,
répondit le Prophète , vous serez plus honorée
qu'une autre ; car je commanderai de la part de
Dieu à tous les fidéles de vous baiser en faisant
la procession.

(*a*) De l'un des côtés de la terrasse qui couvre
le *Kaaba* , il sort une goutiere d'or massif de la
longueur d'une brasse , pour jetter les eaux de
la pluie.

(*b*) La Station sur le mont Arafat , se fait
par pénitence du péché originel , parceque les
Mahométans prétendent que c'est sur cette
montagne qu'Adam approcha d'Eve sa femme
la premiere fois. A l'égard du Corban , c'est
le sacrifice d'un ou de plusieurs moutons que
l'on fait dans la Plaine , qui est au bas de cette
montagne , en mémoire du sacrifice d'Abraham.

*Voyez les Voyages de Thevenot, tome 2,
fol.* 497.

.fat , bu de l'eau du puits Zemzem (*a*) , fait fept autres tours entre Safa (*b*) & Mervé , & jetté des
pierres dans la vallée de Menah (*c*) , mon mari prit la route de

---

(*a*) On voit pareillement à la face Orientale
de Kaaba , la fontaine ou le puits Zemzem en-
fermé dans une Chapelle à quatre portes ; on en
tire continuellement de l'eau pour les Pélerins ;
ils croient qu'il provient de la fource que Dieu
fit paroître en faveur d'Agar & d'Ifmael, qu'A-
braham avoit chaffé de fa maifon.
Voyez la Bibliot. Orient. fol. 947. & Char-
din , tom. 7 fol. 380.

(*b*) *Safa & Mervé* font deux petites buttes à
trois cens pas l'une de l'autre ; on fait ces
tours d'un pas inégal , & comme fi l'on cherchoit quelque chofe ; cela repréfente, felon
eux , l'embarras & l'inquiétude d'Agar durant
la foif de fon fils , & la peine avec laquelle elle
cherchoit de l'eau.

(*c*) *Menah* eft à quatre lieues de la Mecque ;
l'on y doit jetter fept pierres par deffus l'épaule.
Les Mahométans en rapportent trois raifons ;
les uns difent que c'eft pour renoncer au diable,
& le rejetter à l'imitation d'Ifmael, qu'il voulut
tenter au moment que fon pere Abraham alloit
le facrifier , & qui le fit fuir en lui jettant des
pierres ; les autres , qu'ayant voulu empêcher
Abraham d'égorger Ifmael , & n'ayant rien pu
gagner fur Agar ni fur Ifmael , ils l'éloignerent

Médine

Medine (*a*) avec la Caravane qui étoit venue par terre. Après y avoir visité le tombeau du saint Prophete, il revint heureusement à Ormuz : nous jouissions alors d'une tranquillité parfaite; mais elle fut troublée au bout de six mois par un accident terrible & des plus funestes : mon fils, sa femme & moi, nous étions

---

tous les trois par ce moyen ; & les troisiemes, que c'est en mémoire des pierres qu'Adam jetta au diable, lorsqu'il revint l'aborder, après lui avoir fait commettre le péché originel. Au reste l'on voit bien la méprise des Mahométans, qui confondent Isaac avec Ismael.

(*a*) *Médine*, de la partie de l'Arabie appellée *Agiaz*, est recommandable par le sépulcre de Mahomet, que les Pélerins visitent ordinairement au retour de la Mecque ; ils n'y sont point obligés par la loi, comme ils le sont à faire le voyage de la Mecque, Mahomet ayant seulement dit à ses Sectateurs, étant proche de la mort, que si quelqu'un retournant des lieux Saints avec la curiosité de venir voir son sépulcre, il le prioit de dire pour son ame un *Fatha*, qui est une Oraison tirée de l'Alcoran : il n'y a gueres que la Caravane de Damas, qui à son retour passe par Medine.

allés à une demie lieue d'Ormuz,
à une maison utile qui nous appartenoit, & Bahalul étoit resté seul
à la Ville avec ses esclaves, lorsque le feu prit pendant la nuit
dans notre quartier, avec une si
grande rapidité, que notre maison
fut réduite en cendres en moins
d'un quart-d'heure ; mon mari &
tous ses domestiques qui dor-
moient profondément, ne purent
échapper à la violence de la flâme
dans laquelle ils périrent ; & tout
l'or, l'argent & les richesses que
nous possédions, furent perdues
dans l'incendie, ou pillées par la
populace qui vint pour éteindre
le feu.

Jugez, mes Seigneurs & mes
Dames, continua Karabag., de
l'extrême douleur que nous res-
sentîmes à une nouvelle aussi tris-
te; outre la perte que nous faisions
de Bahalul, nous nous voyions
sans cette divine poudre, qui

étoit la source de tous nos biens ;
elle avoit sans doute été consu-
mée avec lui, & nous nous trouvâmes réduits à vivre dans notre
bien de campagne avec une extrême frugalité. Nous nous y ac-
coûtumâmes cependant ; & après
avoir séché nos larmes, nous
commencions à nous faire à la
vie champêtre, lorsque mon fils
eut un rêve assez singulier : un
vieillard vénérable lui apparut
pendant une nuit : Albaert, lui
dit-il, si tu veux avoir plus de richesses que tu n'en as perdu à la
mort de ton pere, va à Chitor (a),
tu y trouveras près de la porte de
la principale Mosquée, un aveugle qui te découvrira un trésor
d'un prix inestimable. Mon fils ne

(a) *Chitor*, Province de l'Empire du Grand
Mogol, dans la terre-ferme de l'Inde, entre les
Provinces de Malva & de Guzarate, avec une
Ville du même nom : l'on y voit encore des
restes d'Edifices publics fort magnifiques.

fit pas grande attention à ce rêve, il le regarda d'abord comme l'effet d'une imagination échauffée, & crut que la douleur feule d'avoir perdu fon bien, lui avoit produit pendant le fommeil ces vapeurs de richeffes; mais le même vieillard lui ayant deux autres fois répété la même chofe pendant qu'il dormoit, il nous communiqua fon rêve, & nous fit entendre qu'il feroit prêt à entreprendre le voyage de Chitor, s'il avoit affez d'argent pour cela. Nous ne pouvions faire une fomme confidérable, qu'en vendant notre bien de campagne, & nous n'étions pas d'humeur à nous en défaire fur la foi d'un fonge, lorfqu'un jour que je revenois du bain, un Eunuque m'abordant, me remit un billet de la part de la Princeffe Canzadé : voici à-peu-près ce qu'il contenoit.

Je ne puis être plus long-tems

sans vous voir, ma chere nourrice ; comme vous avez vos entrées libres au Sérail, profitez-en ; mais ne perdez pas un moment : j'ai des choses de la derniere conséquence à vous communiquer.

CINQUIEME SOIRÉE.

Fin de l'Histoire de Karabag.

SITÔT que j'eus lu cette Lettre, je courus au Palais; j'y trouvai la Princesse fondante en larmes; elle m'embrassa tendrement, & dans l'excès de sa douleur, elle fut plus d'un quart-d'heure sans pouvoir me parler; ensuite ayant repris ses esprits : ma chere Karabag, me dit-elle, m'aimez-vous assez pour tout risquer pour l'amour de moi ? Vous n'en devez point douter, ma chere fille, répondis-je. Eh bien, reprit la Prin-

ceſſe, voilà dix bourſes de mille
pieces d'or chacune, & pour autant de diamans que je vous or-
donne de faire vendre, ſi vous le
jugez à propos ; avec cet argent
trouvez-moi un Vaiſſeau ſur lequel, s'il eſt poſſible, je veux dès
la nuit prochaine fuir d'un lieu
qui ne m'inſpire que de l'horreur,
& dans lequel je m'arracherai la
vie, ſi vous n'apportez un prompt
remede à mes maux ; ne cherchez
pas à combattre ma réſolution, les
momens me ſont trop précieux
pour les employer en diſcours inutiles ; allez, & revenez ſur le ſoir
m'annoncer mon départ.

Je reſtai immobile aux ordres
de la Princeſſe, pourſuivit Karabag ; mais, ma chere Canzadé,
lui dis-je effrayée de l'état où
je la voyois, avez-vous bien fait
réflexion à ce que vous me propo-
ſez ? en concevez-vous toutes
les difficultés ? & ſongez-vous

bien ?... J'allois continuer, lorfque la Princeffe tirant un poignard, en tourna la pointe vers
fon cœur, & prête à l'y enfoncer,
faites ce que j'exige de vous, me
dit-elle, ou laiffez-moi me priver d'une vie qui m'eft odieufe ;
quand je ferai en liberté de vous
expliquer jufqu'où va l'excès de
mes maux, vous conviendrez que
la mort feule ou la fuite, font les
remedes que j'y puis apporter. Il
n'y eut rien à repliquer au difcours de Canzadé ; je fortis avec
promeffe d'exécuter fes intentions ; je revins au logis, & ayant
fait part à mon fils & à fa femme
de la converfation que je venois
d'avoir avec la Princeffe, ils me
repréfenterent l'un & l'autre, que
c'étoit-là la plus belle occafion
que nous puffions jamais trouver
de faire le voyage de Chitor ;
qu'il ne falloit pas manquer d'en
profiter ; & fermant les yeux fur

tous les dangers d'une entreprife aussi périlleufe, après avoir remis le foin de notre bien au feul Ef-clave qui nous étoit refté, & dont la fidélité nous étoit connue, Al-baert s'affura d'un Vaiffeau, dont le Capitaine, qui fe trouva heu-reufement de fes amis, ébloui par mille pieces d'or qu'il lui offrit, n'héfita pas un moment à lui pro-mettre de mettre à la voile cette nuit même.

J'étois convenu avec la Prin-ceffe, que fur la brune elle m'en-verroit à la porte de la princi-pale Mofquée d'Ormuz, le mê-me efclave qui m'avoit remis fa lettre; & que là, je lui rendrois une réponfe pofitive; je lui fis tenir un billet, par lequel je lui mandai que fes ordres étoient exécutés, & que je l'attendrois jufqu'à minuit à la porte d'Or-muz, qui donnoit du côté de la mer: elle n'y manqua pas; & fuivie
du

du feul Eunuque qui s'étoit chargé de fes commiffions*, & qui
lui avoit apporté un habit d'homme ; elle s'y rendit avant dix heures : mon fils, & fa femme par-
reillement traveftie en homme,
affurerent alors la Princeffe d'un
attachement inviolable à fes intérêts ; & ayant gagné le Port,
nous fûmes conduits par le Capitaine qui nous y attendoit, jufqu'à fon Vaiffeau, qui fur-le-
champ fit voile pour fe rendre à
l'embouchure de l'Indus.

Comme nous avions le vent
favorable ; à mefure que nous
nous éloignions d'Ormuz, Canzadé, qu'une violente crainte
altéroit extrêmement, reprenoit
fes fens : nous étions feuls dans la
chambre du Capitaine, & nous
faifions notre poffible pour diffiper le refte de la frayeur de la
Princeffe, lorfqu'elle me parla
en ces termes : Ma chere Kara-

Tome I.   P

bag, quelles obligations ne vous
ai-je pas ! Vous hazardez votre
fortune & votre vie pour moi,
fans même être informée du détail des raifons qui m'obligent à
une fuite auffi précipitée ; mais
vous ne me blâmerez plus quand
vous faurez jufqu'à quel point
la fortune me perfécute. Alors
Canzadé en verfant un torrent de
larmes, continua ainfi. . . . . .
Mais, mes Seigneurs & mes Dames, je m'imagine que ce récit
vous fera bien plus agréable dans
fa bouche que dans la mienne,
& que pour peu que vous témoigniez à la Princeffe que cela vous
fera plaifir, elle n'hésitera pas un
moment à vous raconter elle-mê-
me fes infortunes. Comment, dit
Gehernaz, c'est donc la Princeffe
de Perfe qui s'est trouvée fi mal
le premier jour que vous êtes entrés dans ce Palais ? C'est-elle même, dit Karabag, dont les mal-

heurs font au-deſſus de toute ex-
preſſion. Madame, dit Gehernaz
en ſe levant & en embraſſant la
Princeſſe, quoique la renommée
nous ait déja inſtruites d'une partie de vos avantures, vous nous
ferez un plaiſir extrême de nous
en apprendre vous-même le détail, mais comme voici à-peu-
près l'heure à laquelle nous devons nous retirer, il vaut mieux
remettre ce récit à demain : aſſu-
rez-vous ſeulement que nous prenons tout l'intérêt poſſible à ce
qui vous regarde, & que nous
vous rendrons tous les ſervices qui
dépendront de nous.

Canzadé en ce moment alloit
ſe proſterner aux pieds des Sultanes, que, malgré ce que venoit
de dire Gehernaz ſans y faire
trop d'attention, elle prenoit toujours pour des intelligences bien-
faiſantes, ſi elles ne l'en avoient
empêchée : elles lui firent tou-

tes mille careffes , & ayant donné des ordres pour qu'on redou-
blât l'attention & le refpect qui
lui étoient dûs , elles fe difpofe-
rent à écouter le lendemain avec
plaifir , le récit de fes avantures.

Si les Princes & les Sultanes
avoient été contents de l'hiftoire de Karabag , le Sultan Oguz ,
qui du lieu où il étoit placé n'en
avoit pas perdu une feule parole ,
l'avoit écoutée avec beaucoup de
fatisfaction. Mon cher Cothrob,
dit-il à l'Iman , quand ils fe furent rejoints , je fuis bien curieux
de favoir les avantures fecretes
de la Princeffe d'Ormuz ; je m'in-
téreffe extrêmement à ce qui la
regarde , & il faut que les évé-
nements en foient bien triftes ,
puifqu'en exécutant feulement la
mufique de cette Tragédie , elle
s'eft évanouie par le fouvenir ou
par la comparaifon de fes malheurs avec ceux des Acteurs dont

elle chantoit les rôles. C'eſt, Seigneur, ce que vous ſaurez demain, répondit Cothrob, & je ne nuirai pas à ſes affaires; j'oſe même vous dire que ſans mon ſecours, cette Princeſſe pourroit bien être encore long-tems malheureuſe : mais je ne veux pas vous ôter le plaiſir de la ſurpriſe, vous ſaurez le tout quand il en ſera tems.

Oguz, les Sultanes & les Princes attendoient avec impatience l'heure marquée pour ſe trouver dans le ſalon : à peine fut-elle arrivée, que tout le monde s'y rendit, & Canzadé ayant été priée de conter ſon hiſtoire, elle la commença en ces termes.

VI. SOIRÉE.

Histoire de Canzadé, Princesse d'Ormuz.

JE dois le jour à Daoud-Can, Sultan d'Ormuz ; & le Prince Cazan-Can, qui eſt aujourd'hui ſur le Trône, eſt mon frere : je perdis la Sultane ma mere preſque en naiſſant, & par ſa mort je fis une perte irréparable, puiſque ſi elle eût vêcu, elle m'eût ſans doute préſervée des malheurs qui m'ont accablée juſqu'à ce moment. Les perſonnes que le Sultan mit auprès de moi n'oubliant rien de ce qui pouvoit me former l'eſprit & le cœur, m'inſpirerent tous les ſentiments que doit avoir une grande Princeſſe : je paſſai les dix premieres années de ma vie aſſez tranquillement, &

sans qu'il m'arrivât rien de re-
marquable : j'entendois seulement quelquefois dire aux Esclaves qui me servoient, que j'étois
belle ; mais j'aurois mauvaise grace de vous rapporter tous les discours flateurs dont elles m'entre-
tenoient, aujourd'hui que les chagrins les plus vifs, & la fatigue
de l'esprit & du corps ont fait
un tel changement sur mon visage, qu'ils n'y ont laissé presqu'aucune trace des graces que l'on
m'assuroit y être autrefois : il
est cependant vrai que cette funeste beauté, telle qu'elle étoit, a
produit des effets si extraordinaires, qu'elle m'a réduite dans
la misere où je suis, & qu'elle est
cause que je mene une vie er-
rante & infortunée. Je n'avois
guere que treize ans, & dans ce
tems d'une extrême innocence, le
Prince Cazan-Can mon frere qui
en avoit déja plus de dix huit, pas-

soit les journées entieres avec
moi, & haïſſoit toute autre compagnie que la mienne : j'étois ſi
éloignée de penſer qu'il y eût du
mal à recevoir ſes careſſes, que
les prenant pour des marques
d'une amitié ſincere, je me ſavois
un gré infini d'avoir un frere qui
m'aimât ſi tendrement ; mais
quand avec un peu plus d'âge, je
remarquai trop d'emportement
dans ſes careſſes, je commençai
à les craindre, & je crus diſcer-
ner en lui les tranſports d'une
paſſion illégitime, que je n'avois
regardée juſqu'alors que comme
l'effet d'une amitié pure & inno-
cente, & je ſoupçonnai que l'indulgence que j'avois eue juſqu'a-
lors pour ce Prince, lui avoit
peut-être donné lieu de concevoir des eſpérances, & de former
des deſſeins qui offenſoient le
Ciel & la nature. Je ne me trom-
pai point, & je fus bientôt éclair-

cie de ce que je craignois d'apprendre.

Un jour que je recevois les témoignages de la tendreffe de Cazan - Can avec quelque forte de répugnance, il en parut furpris : Canzadé, me dit - il, que veut fignifier cette froideur ! Qu'ai-je fait qui doive avoir diminué votre affection pour moi ? Eft - ce parceque je vous aime trop, que vous voulez ceffer de me rendre le réciproque ? Tous les excès ne font pas pardonnables, repris - je en ce moment, & je me contenterai toujours avec vous, Seigneur, d'une amitié raifonnable & modérée, telle qu'un frere la doit avoir pour fa fœur. Ah ! Canzadé, me répondit précipitament le Prince, ma chere Canzadé, que ce nom de fœur m'eft cruel, & que le Ciel m'eft contraire, de ne vous avoir pas fait naître du dernier de tous les hommes, plutôt que du Roi notre pere. Eh ! Seigneur, l'interrompis-je avec étonnement, pourquoi me souhaitez-vous une pareille disgrace ? Ah ! s'écria Cazan-Can, c'est que le sang qui nous lie malheureusement est le plus grand obstacle qui se rencontre à la tranquillité de ma vie. Oûi, Canzadé, je vous aime, mais non pas comme un frere, c'est-à-dire, d'un amitié foible & languissante : je vous adore comme l'amant le plus vif, le plus passionné pourroit le faire, & je suis là-dessus si peu le maître de moi-même, que je sens bien que je vais me livrer au désespoir le plus funeste, si vous n'avez pitié de l'état où je suis : ne vous étonnez pas de cette déclaration, ma chere Canzadé, continuat-il ; ma passion n'est pas sans exemple dans les Princes mes Ayeux, l'Histoire des Rois qui

ont regné dans la Perfe , eft remplie du récit de pareilles amours;
plufieurs d'entr'eux ont époufé
leurs fœurs , mais aucun de ces
Monarques n'a reffenti pour elles , une paffion auffi vive , puifqu'elle m'ôte entierement le repos , & qu'il n'y aura jamais que
la mort qui puiffe l'éteindre.

Cette déclaration fi précife à
laquelle je devois pourtant m'attendre , par rapport à ce qui l'a-
voit précédée , m'épouvanta à un
tel point , que je reftai prefque
fans mouvement ; mais reprenant
bientôt mes efprits. Ah ! mon
frere , m'écriai-je en ce moment,
de quelle honte & de quelle confufion me rempliffez-vous ? votre
feule préfence m'allarme , & je
donnerois de bon cœur tout mon
fang pour démentir mes oreilles ,
& n'avoir point entendu la déclaration la plus criminelle qui
puiffe jamais fortir de la bouche

d'un Prince tel que vous : s'il vous
reste encore quelque sentiment
de vertu, opposez-les, Seigneur,
à ces mouvements d'une passion
horrible, & ne deshonorez pas votre vie par une tache si noire, que
tout votre sang ne la pourroit jamais effacer. Je ne trouve point
de honte, reprit Cazan-Can, à
aimer ce que la nature a produit
de plus aimable ; la beauté dans
la personne de ma sœur, est aussi
puissante sur mon cœur, que le
pourroit être celle de la personne la plus étrangere ; & malgré
tous les obstacles que vous pourrez y apporter, je vous aimerai
toujours de même jusqu'au tombeau. Et moi, repliquai-je en le
quittant avec la derniere indignation, je ne regarderai jamais votre passion qu'avec horreur : je
vous fuirai comme un monstre,
& je n'aurai que de l'aversion pour
vos détestables pensées.

Je ne puis affez vous exprimer ; Mefdames , l'extrême douleur que je reffentis de cette déclaration ; elle fut d'autant plus violente , que je ne pouvois toujours . comme je l'aurois fouhaité , éviter le Prince ; & en attendant que le tems , la raifon , ou enfin l'autorité du Sultan mon pere y apportaffent du remede , je fis mon poffible pour cacher un amour dont il me fembloit que je partageois la honte ; mais quelque précaution que j'y apportaffe , le Prince s'aveugla de telle forte , qu'ayant perdu toute retenue , fa paffion pour moi parvint jufqu'aux oreilles du Roi notre pere , & ce fut au moment que ne pouvant plus foutenir les perfécutions de Cazan-Can , j'allois lui en porter mes plaintes.

Ce Monarque indigné au dernier point , & étant informé de

tout ce que j'avois souffert du Prince, le fit appeller ; & après lui avoir parlé avec toute l'aigreur que méritoit son procédé, il le menaça de toute sa colere, s'il persistoit dans des sentiments aussi horribles, & crut ne pouvoir mieux éteindre cette infâme passion, qu'en me mariant avec quelque Sultan de ses voisins : il y pensoit fort sérieusement ; mais à peine, pour ainsi dire, eut-il formé cette résolution, que frappé d'une fiévre très aiguë qui le mit en danger de la vie, il fit venir le Prince au chevet de son lit, & après lui avoir fait les exhortations les plus fortes & les plus tendres à mon sujet, il lui donna sa malédiction s'il perseveroit dans sa malheureuse passion pour moi, & m'ordonna expressément (quelque chose qui pût arriver) de ne jamais souiller sa race par un mariage incestueux.

Mon frere qui paroiſſoit en ce moment très repentant de ſon crime, aſſura ſi fortement mon pere que ſes remontrances avoient opéré ſur ſon cœur, & qu'elles venoient d'y étouffer le malheureux amour qu'il avoit conçu pour moi, que la joie qu'en reſſentit ce bon Monarque, cauſa en lui une révolution conſidérable : ſa fiévre augmenta, & malgré tout l'art de la Médecine, il expira le lendemain entre nos bras.

Le nouveau Sultan ne vit pas plutôt que l'Ange de la Mort avoit fermé les yeux à notre pere, qu'il monta ſur le Trône avec les applaudiſſements de tous ſes Sujets. Il rendit d'abord les honneurs funebres au Monarque défunt, avec beaucoup de magnificence, & occupé pendant pluſieurs jours de la ſeule adminiſtration de ſon Royaume, il me

fit concevoir quelque espérance,
qu'il étoit véritablement changé
à mon égard , & cela seul apporta du soulagement à la douleur
excessive que je ressentis de la
perte d'un pere , qui étoit le seul
que je pusse opposer aux desirs
injustes de Cazan-Can. Mais que
je me vis cruellement trompée
quelques jours ensuite ! Au lieu
qu'auparavant je n'avois eu à combattre que la passion d'un frere
qui n'avoit aucun empire sur moi,
je me vis bientôt soumise à la
puissance d'un Monarque qui me
demanda avec autorité ce qu'auparavant il avoit recherché de moi
par la voie de la douceur.

VII.

VII. SOIRÉE.

*Suite de l'Histoire de Canzadé,
Princesse d'Ormuz.*

JE ne vous répéterai point les discours dont Cazan-Can se servit pour chercher à me persuader de répondre à sa passion, ni les raisons que j'employai pour le convaincre de toute l'horreur qu'il en devoit avoir : je vous dirai seulement qu'après avoir reconnu l'inutilité de ses empressements, il me déclara que pour me faire consentir à une union dont dépendoit la conservation de sa vie, il étoit contraint d'agir en Roi, & que j'eusse à me conformer à ses volontés absolues.

A cette cruelle déclaration, regardant le Sultan avec des yeux qui marquoient ma douleur & ma

Tome I. Q

jufte indignation : Quoi , Seigneur, lui dis-je , feriez-vous
affez déteftable pour vouloir employer votre autorité dans une
union qui attireroit fur nous le
courroux du Ciel, & l'affreux fur-
nom de (*a*) Kauli que vos Sujets
vous donneroient, ne doit-il pas
vous faire rentrer en vous-même ? Ah, n'efpérez pas qu'aux

(*a*) Les-Perfans difent qu'Abraham ayant
refufé d'adorer le Feu , Nembroth le fit mettre
fur un bucher ; que le feu ne put jamais s'al-
lumer ; & que les Prêtres de ce Monarque lui
ayant dit qu'il y avoit un Ange au haut du bucher, qu'on ne pouvoit chaffer qu'en faifant
commettre à fa vue une action exécrable , on
y fit commettre un incefte par un frere avec
fa fœur ; que l'homme fe nommoit *Kau*, la
fœur *Li*, & que de cet accompliffement monf-
trueux fortit la fouche de cette race abominable qu'on nomma *Kauli*, nom qui veut dire
tout homme exécrable , & particulierement
un inceftueux. D'autres prétendent que l'Ange
ne fe retira pas pour cela , mais qu'il demeura
toujours auprès d'Abraham , & que Nembroth
confus & enragé, chaffa Abraham de fa préfence & de fon Royaume.
    Chardin, *Tome 8 fol.* 145 & *Tome 9 fol.*
255.

yeux des hommes & de Dieu, je
fois noircie d'un crime qui fait
fuir les Anges mêmes ; & foyez
bien perfuadé que je fuis réfolue
à me donner la mort (fi les autres
moyens me manquent) plutôt
que de fouffrir la violence dont
vous paroiffez me menacer. Non,
Canzadé, reprit le Sultan, vous
ne mourrez point, vous ferez ré-
fléxion à la vivacité de mon
amour, je me flatte que j'adouci-
rai un efprit auffi prévenu que le
vôtre, & que dans huit jours,
vous changerez de fentiment ;
je vous donne ce tems pour vous
difpofer à m'obéir. Je me jettai
vainement aux pieds de Cazan-
Can après ce cruel commandement ; mes larmes ne furent pas
capables de l'ébranler, & il me pro-
tefta devant fes Vifirs, que fi j'a-
bufois de l'indulgence qu'il avoit
eue jufqu'à préfent pour moi,
rien ne le pourroit empêcher d'u-

ser du pouvoir absolu qu'il avoit
dans ses Etats. Je passai les huit
jours que le Sultan m'avoit donnés dans une amere douleur : uniquement occupée des moyens
d'éviter sa tyrannie par la mort,
ou par la fuite , je ne pensai qu'à
gagner quelqu'un des esclaves du
Sérail ; & comme avant que j'eusse bien concerté de quelle maniere j'y parviendrois , le tems
que l'on m'avoit donné étoit près
d'ex pirer, je crus devoir dissimuler ; & Cazan-Can étant venu
dans mon appartement , je vois
bien, Seigneur, lui dis-je , que je
m'oppose vainement à vos volontés , j'avoue que je sens une extrême répugnance à m'y rendre ;
mais après avoir résisté autant qu'il
m'a été possible à votre puissance absolue , pour me justifier
pleinement de l'action à laquelle
vous me contraignez , je vous
demande encore un mois que je

vais employer à furmonter toutes les difficultés qui fe font jufqu'à préfent élevées dans mon
cœur.

L'on peut juger de la joie extrême du Sultan ; il fe crut déja
au comble de fon bonheur, &
fe jettant à mes pieds qu'il embraffa avec des tranfports extraordinaires, il m'accorda fans peine le terme que je lui deman-
dois, & dès le jour même il m'envoya des préfents d'une richeffe
immenfe.

Quoique j'euffe auprès de moi
des perfonnes qui me paroiffoient
très affectionnées , je doutois fi
je trouverois parmi elles quelqu'un d'affez hardi pour s'expo-
fer à toute la colere du Sultan,
en facilitant mon évafion. Après
y avoir bien rêvé, je jettai les yeux
fur un Eunuque noir, qui avoit
paffé du fervice de la Sultane ma
mere au mien. J'avois cru le voir

sensible à ma douleur : Schaban, lui dis-je, tu vois la cruelle situation où je me trouve, je veux t'ouvrir mon cœur, la mort est le seul remede à mes maux ; c'est par elle que je prétends sortir de l'affreuse situation où je me trouve, à moins que tu ne veuilles me prêter ton secours. Princesse, me dit l'esclave, touché de mes larmes, que faut-il faire pour votre service ? Vous n'avez qu'à me commander, comptez sur une fidélité inviolable, & soyez sûre que j'affronterai la mort la plus cruelle pour vous tirer des mains d'un tyran qui se deshonore par une passion qui doit faire frémir tous les honnêtes gens. Il faut, lui dis-je, me faciliter la sortie de ce Palais. Cela ne me sera pas impossible, me répondit Schaban ; sous un habit d'homme que je vous fournirai, nous sortirons du Sérail avec d'autant plus de liberté, que j'ai une clef des jardins, que le chef des Jardiniers perdit il y a quelque mois ; mais quand nous ferons en liberté que deviendrons-nous , & comment pourrons-nous éviter la recherche du Sultan , qui va devenir furieux de votre évasion ? J'y remedierai , lui dis-je , je te chargerai d'une Lettre pour ma Nourrice ; tu la trouveras dans un petit bien qui compofe aujourd'hui toute fa fortune , & qui eft fitué dans le Fauxbourg d'Ormuz ; il faut abfolument que je lui parle au plutôt ; à la bonne heure répliqua Schaban , écrivez votre Lettre , je me charge de la rendre à Karâbag. Le tout fut exécuté le lendemain. Ma Nourrice vous a raconté de quelle maniere je lui déclarai mes volontés ; que je lui remis plufieurs bourfes d'or , & tous mes diamants, & qu'en habit d'homme,

& fous la conduite de mon efclave, étant fortis du Palais , nous
nous rendîmes à la porte d'Ormuz du côté de la mer , où elle
nous attendoit. ; qu'ayant delà ,
gagné le Port , & qu'ayant été
conduits au Vaiffeau , dont Albaert s'étoit affuré , nous mîmes
fur - le - champ à la voile avec un
vent des plus favorables. Je com-
mençois à refpirer , & j'embraf-
fois Albaert , fon époufe & ma
chere Karabag , avec toute la
reconnoiffance poffible , lorfque
faifant réflexion que Cazan-Can
ne fe feroit pas plutôt apperçu
de ma fuite , qu'il nous pourfui-
vroit lui-même , avec une fureur
extrême ; je tombai dans une dé-
folation à faire pitié ; je fis part de
ma crainte à ma Nourrice : elle
en parla à fon fils , qui ayant témoigné au Capitaine du Vaiffeau
l'inquiétude où nous étions , fans
pourtant lui en apprendre le véritable

ritable motif , il fit faire tellement force de voiles, que nous
fûmes bientôt hors de toute at-
teinte. Comme nous avions le
vent bon , nous nous trouvâmes
au bout d'un mois, ou environ,
proche de l'embouchure de l'Indus, & nous n'en étions pas éloignés de vingt lieues, fans qu'il
nous fût arrivé aucun des accidents auxquels on eſt ſi ſujet ſur
la mer , lorſqu'il s'éleva tout d'un
coup une tempête furieuſe. Après
avoir été pendant ſept jours entiers entre la vie & la mort, le
Capitaine qui avoit vainement
employé tout ſon art pour éviter de ſe perdre , voyant qu'il
n'y avoit plus de remede , nous
fit monter promptement dans la
Chaloupe , & en ayant coupé la
corde , nous eûmes la douleur de
voir un inſtant après, le Vaiſſeau
s'abîmer à nos yeux , & nous fûmes emportés par les vagues,

Tome I.   R

fur lefquelles ayant été pendant vingt-quatre heures, le jouet des vents & des flots, nous allâmes échouer proche une des Ifles de (*a*) Divandurou, ou des Maldives, à ce que notre Capitaine en put juger.

VIII. SOIRÉE.

Suite de l'Histoire de Canzadé, Princesse d'Ormuz.

Nous étions demi-morts de fatigue, lorfque notre chaloupe fe renverfa contre un rocher de l'Ifle, qui étoit difpofé de maniere que nous pûmes gagner terre affez aifément. Tandis que, accablée de laffitude, j'étois avec Gulendam & Karabag,

_____

(*a*) Ces Ifles font dans la mer des Indes, elles font à vingt-cinq ou trente lieues de l'Ifle de Malicut vers les Maldives.

fur le bord de la mer à déplorer
notre infortune, Albaert, le
Capitaine, & Schaban, étant
montés au haut du rocher, &
s'étant avancés dans l'Ifle, trouverent qu'elle pouvoit avoir une
lieue de tour ; & qu'à l'exception de quelques arbres, elle paroiffoit tout-à-fait inculte & in-
habitée ; ils revinrent tous trois
à l'endroit où nous étions ; &
m'ayant priée d'aller choifir dans
l'Ifle une place moins incommo-
de, en attendant le fecours du
Ciel, je me levai le vifage mouil-
lé de larmes. Ah ! m'écriai-je,
une vie commencée fous une fi
noire planette, ne pouvoit avoir
qu'une fin tragique; ceffons de fa-
tiguer le Ciel par des vœux, pour
une Princeffe infortunée, qui regarde la mort comme le foulagement de fes peines. Vous avez
tort, mon cher enfant, reprit
ma nourrice; jamais, peut-être,

personne n'a plus mérité l'assistan-
ce du Prophete ; ne désespérez
donc pas du secours que nous en
devons attendre. Quoique je
fusse livrée à un violent désespoir,
cependant pour ne rien ajouter
aux malheurs où ma fuite plon-
geoit Karabag & sa famille, je
me rendis à ses raisons. Le Capitaine présent à ce discours, me
regardoit avec étonnement ; il
n'avoit pas jusqu'alors fait toute
l'attention possible à ma personne,
& connoissant par ce discours qui
m'étoit échapé , que j'étois une
Princesse déguisée, il me rendit
tout le respect possible. Madame,
me dit-il , dans la cruelle situation
où nous nous trouvons , il faut
nous roidir contre l'adversité ;
nous ne devons attendre de secours que du Ciel , & de notre
industrie. Si dans quelques jours il
ne passe point de vaisseaux dans
ces quartiers , ma chaloupe n'est

pas en fi mauvais état, que nous
ne puiffions hazarder de nous remettre en mer pour gagner, s'il
eft poffible, la côte de Malabar ;
c'eft le feul expédient qu'il y ait
à nos maux. Touchée des raifons
du Capitaine, je repris courage ;
& voulant quitter les bords de la
mer, j'apperçus à cinquante pas
de moi, le corps d'un homme
que la tempête y voit jetté fur
une planche qu'il tenoit encore
embraffée ; ce fpectacle me tou-
cha fenfiblement ; je crus d'abord
que ce pouvoit être quelqu'un de
notre vaiffeau, & je priois le Capitaine de regarder s'il étoit encore en état de recevoir du fecours, lorfqu'en jettant les yeux
fur fon turban, je fus furprife d'y
appercevoir une rofe de rubis
qui produifoit un feu des plus
éclatants. Etonnée avec fujet,
d'une rencontre fi peu attendue,
je redoublai mon attention pour

ce malheureux, dont les habits, quoique fouillés par l'écume de la mer & par le fable, paroiſſoient être d'un homme de la premiere conſidération. Quand on l'eut mis fur ſon féant, qu'on lui eût lavé le viſage, & qu'on eût cru trouver en lui quelque ſigne de vie, nous nous empreſsâmes tous à lui donner du ſecours, & nous l'emportâmes plus avant dans l'Iſle. Quoique les yeux de cet inconnu fuſſent fermés, que ſes lévres paruſſent toutes décolo- rées, & que la pâleur de la mort fût répandue fur ſon viſage, ja- mais nous n'avions rien vû de ſi beau ; & par un preſſentiment dont la cauſe m'étoit inconnue, je reſſentis alors une ſi grande émo- tion, qu'elle ſembloit me prédire une partie de ce qui devoit m'ar- river par la rencontre de cet hom- me, qui ne paroiſſoit pas avoir plus de vingt ans. A peine eut-il

ouvert les yeux , & repris quelque fentiment , que nous regardant tous avec étonnement. Je
ne sais, dit-il, fi c'eft par le fecours
du Ciel , ou par le vôtre , que je
revois la lumiere ; j'étois , il y a
fort peu de tems, expofé à la mer-
ci des flots ; j'ai combattu leur
fureur autant qu'il m'a été poffible ; mais après avoir fait de vains
efforts , je me trouve dans un lieu
tout-à-fait inconnu , où , fuivant
les apparences , je vous fuis rede-
vable de la vie. Vous la devez,
lui repartis-je , à la bonté de notre grand Prophete , & après lui,
à des perfonnes de qui la fortune
eft bien peu différente de la vôtre :
nous avons , ainfi que vous , été
jettés fur ce rivage , il y a au plus
une heure ; & nous n'avons aucune efpérance d'en fortir , fans
un fecours du Ciel tout-à-fait
extraordinaire.

L'inconnu , à qui la mémoire
R iv

revenoit de moment en moment,
& de qui les yeux reprenoient
une vivacité toute brillante, nous
regarda avec joie ; & malgré
mon déguisement, s'étant apperçu que l'on me rendoit beaucoup
de respects : c'est à vous , Seigneur , me dit-il , que je crois
devoir faire des remerciements
conformes au bienfait que je
viens de recevoir ; agréez donc
que je vous en témoigne toute
la reconnoissance possible. Seigneur , repris-je alors , je n'ai
fait que ce que l'humanité exi-
geoit de nous ; & je me sais un
gré infini , dans le malheur qui
m'accable , d'avoir pu sauver les
jours d'un homme , à la conservation desquels notre Prophete
paroît s'intéresser , puisque sans
notre naufrage dans cette Isle ,
vous auriez indubitablement fini
vos jours sur ces bords : mais que
dis-je, pouvons-nous nous flatter

d'avoir un fort plus favorable, &
n'aurions-nous pas été plus heureux de trouver la fin de nos
maux dans le fond de la mer,
que d'avoir à craindre dans ces
lieux, toutes les miséres qui pré-
céderont une mort que je regarde
comme infaillible ? Je ne pûs
achever ces mots, sans verser des
larmes en abondance ; & Karabag
qui me vit dans cet état, & qui
ne fit pas attention à la présence de l'inconnu, m'ayant embraffée tendrement. Ma chere
Princeffe, me dit-elle ; mettez
votre confiance en notre Saint
Prophete, il n'abandonne pas les
malheureux ; & le Ciel est trop
juste, pour ne pas récompenfer
la droiture de votre cœur.

L'Etranger furpris au dernier
point de connoître que je n'étois
pas ce que je paroiffois être, fit
un effort pour fe jetter à mes genoux ; mais l'en ayant empêché :

Madame, me dit-il, cette vie que je vous dois, est d'un prix trop médiocre, pour payer le service que vous m'avez rendu; mais telle qu'elle est, je vous proteste avec sincérité*, que je suis prêt à la sacrifier pour vos intérêts; le Ciel n'a pas mis en vous tout ce qu'il y a de plus beau dans la nature, pour vous abandonner ainsi. Le Vaisseau sur lequel j'ai fait naufrage, a été brisé, sans doute, sur quelque écueil prochain; peut-être la mer nous enverra-t-elle des provisions dont il étoit fourni abondamment; & cette même Providence, qui donne de quoi vivre à tous les animaux, ne nous laissera pas dans la malheureuse situation où nous sommes; prenez donc courage, Madame, & faites examiner du haut de ces rochers, si l'on ne verra rien flotter sur la mer, qui me paroît de-

venir plus tranquille. Nous fui-
vîmes le confeil de l'inconnu,
& après avoir fait prefque le tour
de l'Ifle, nous découvrîmes de
fort loin quelque chofe qui paroiffoit fur l'eau. Schaban qui étoit
un excellent nageur, propofa de
fe mettre à la nage ; & s'étant
avancé en mer près d'une demie
lieue, il apperçut un grand coffre,
& plufieurs caiffes ; il les pouffa
l'un après l'autre vers notre Ifle,
& après plus d'une heure de travail, les ayant amenés à bord,
nous defcendîmes tous avec une
joie extrême fur le rivage, pour
y examiner en quoi confiftoit le
fecours que le Ciel nous envoyoit.
Une de ces caiffes étoit remplie de
trente groffes bouteilles de vin de
(a) Schiraz : les deux autres de

(a) Cette Ville eft fort grande ; elle eft fituée
proche la Riviere de *Baudemir* dans la Province
de *Farfi* ; elle fournit d'excellents vins, & s'eft
accrue des ruines de l'ancienne Perfepolis, qui
fut rafée par Alexandre à la follicitation de la

bifcuit & de poiſſons ſecs ; & le
coffre contenoit pluſieurs habits
magnifiques, que l'Etranger reconnut lui appartenir.

On ne peut concevoir quelle
fut notre joie à cette vue ; elle
augmenta lorſqu'il nous aſſura
qu'il devoit y avoir dans ce coffre pluſieurs lignes garnies de
leurs hameçons ; elles y étoient
en effet ; & ayant par ce moyen,
de quoi trouver à ſubſiſter, nous
nous abandonnâmes ſans réſerve
à cette Providence qui venoit de
nous ſecourir ſi à propos ; nous
coupâmes des branches d'arbres,
dont nous nous fîmes des eſpeces
de Cabanes, & nous y paſsâmes
la nuit tranquillement , après
avoir pris quelque nourriture que
nous tirâmes de nos tonneaux.

L'inconnu étant le lendemain
entierement rétabli, parut devant

courtiſane Thays. On voit dans ſon voiſinage
les Tombeaux des anciens Rois de Perſe.

moi, avec une grace toute singuliere. Madame, me dit-il , les
habillements qui vous couvrent
font trop ignobles ; & puifque
vous n'en avez pas de votre fexe,
daignez du moins en accepter
quelques-uns de ceux que la mer
m'a renvoyés ; nous fommes à
peu-près de même taille , & vous
vous devez à vous-même d'être
vêtue autrement que vous n'êtes.
Karabag & Gulendam me pref-
fant d'avoir cette complaifance
pour l'Etranger , je choifis un
habit complet , tout neuf, & ne
pus refufer de recevoir un turban,
fur lequel il y avoit des diamants
d'un prix ineftimable.

Il y a apparence que les ajufte-
mens relevoient extrêmement ma
beauté ; à peine parus-je dans
cet état, que l'Etranger ne put
s'empêcher de donner toutes les
marques poffibles d'admiration,
& que tous ceux de ma fuite me

voulurent perſuader qu'elle m'é-
toit due avec juſtice. Nous paſsâmes le ſecond jour & la ſeconde
nuit avec beaucoup plus de tranquillité ſur des lits compoſés de
gazon & de feuilles , nous eûmes
même la conſolation de trouver
dans notre Iſle , une fontaine d'eau
douce , qui nous fit un extrême
plaiſir ; & j'ajouterois, ſi je l'oſois,
que ce qui contribua à la douceur
de mon ſommeil , fut que malgré tous mes malheurs , ce bel
inconnu me revint pluſieurs fois
dans l'eſprit , & que je ne pus
jamais bannir de mon idée un
jeune homme auſſi agréable.

Ah ! Canzadé, me dis-je, en
m'éveillant, quelle foibleſſe ? de
reſſentir tant de ſatisfaction au
ſeul ſouvenir d'un homme que tu
n'as vû que depuis deux jours , &
qui n'eſt peut-être pas d'une condition égale à la tienne ; tes pen-
ſées juſqu'à ce moment ont été in-

nocentes ; la feule compaffion, &
un mérite qui t'a paru extraordinaire , les peuvent faire naître ,
mais la réflexion ne les rend point
excufables : ne regarde donc plus
cet inconnu que comme le commun des hommes , & ne t'engage
point dans une paffion dont les
fuites ne peuvent t'être que fu-
neftes ; car enfin , cet Etranger
peut n'avoir rien d'aimable que
l'extérieur qui t'éblouit ; il peut
être d'une naiffance très inféricu-
re à la tienne , & fans vertu ; ah !
il vaudroit mieux que tu euffes
été enfevelie fous les flots , que
de te laiffer furprendre par les
charmes féducteurs qui paroiffent
fur le vifage de cet inconnu ; tu
dois le fuir comme un monftre
prêt à te dévorer , ou du moins
il faut l'éviter comme un ennemi
armé pour ta ruine.

A peine avois-je formé ce généreux deffein , que Karabag

m'annonça que l'Etranger étoit
à la porte de ma Cabane, & attendoit que je fuſſe viſible pour
lui.

IX. SOIRÉE

Suite de l'Hiſtoire de Canzadé,
Princeſſe d'Ormuz.

QUELQUE fortifiée que je
cruſſe être contre moi-même,
& quelque réſolution que j'euſſe
priſe, j'avoue que je ne crus pas
devoir lui refuſer d'entrer, &
que je fus extrêmement touchée
en le voyant ; il parut devant
moi ſi différent de ce que je l'a-
vois vû la veille, que j'en fus
ſecretement allarmée ; il ne m'a-
borda qu'en tremblant, & avec
toutes les marques d'une extrême
ſoumiſſion ; & après avoir pendant quelque tems gardé un profond

fond silence. Vous ne connoissez
pas encore, Madame, tous vos
malheurs, me dit-il ; je vous
adore, & mon chagrin est que
je ne puisse pas vous donner d'autres marques de mon amour, que
celles d'un parfait dévouement à
vos volontés : je sens que cette
déclaration vous offense ; mais
j'ai cru qu'étant d'une naissance
à pouvoir élever mes vœux à tout
ce qu'il y a de plus grand dans
l'Orient, je ne devois pas vous
laisser ignorer plus long-tems ma
passion : ce n'est pas que j'en at-
tende du retour ; je ne suis point
assez présomptueux pour me flatter d'un bonheur pareil ; cependant, belle Princesse, si avec un
cœur libre de votre part, la pureté
de mes intentions vous étoit bien
connue, j'aurois lieu de croire
que l'offre du mien ne seroit pas
à mépriser. Si je fus surprise du
discours de l'inconnu, je ne pus

au fond de l'ame, lui savoir mauvais gré de son amour ; & j'étois extrêmement embarrassée à lui répondre, lors qu'inspirée, sans doute par notre Prophete : Seigneur, lui dis - je, il faut que vous soyez effectivement d'une qualité égale à la mienne, pour oser, sachant ce que je suis, m'aprendre que vous m'aimez ; ainsi la déclaration que vous venez de me faire ne m'offense pas : j'ai le cœur dégagé de toute passion ; mais je dépens d'un frere de qui je vous permets de tâcher à m'obtenir. Si nous sommes assez heureux pour sortir de cette Isle, vous vous adresserez à lui ; mais jusqu'à ce moment obligez - moi de ne me point parler de votre amour ; c'est à cette seule condition que je souffrirai votre présence.

Ah ! Madame, me dit alors l'inconnu, transporté de joie & se jettant à mes pieds, je me sou-

mets à toutes vos volontés ; si ma
bouche ne vous dit pas à tous les
moments du jour, que je vous
adore, vous ne serez pas du
moins assez injuste pour empêcher
que mes regards & toutes mes
actions vous le fassent connoître ; mais apprenez-moi du moins
quel est le Monarque dont vous
dépendez ? C'est le Sultan d'Ormuz, répliquai-je. Quoi ? Cazan-
Can, Madame, est votre frere,
& vous êtes l'incomparable Canzadé, s'écria l'inconnu ? Ah !
Ciel, quel est mon malheur, s'il
faut pour être votre époux, que
je vous obtienne de ce Prince ;
j'ai traversé toute la Perse ; je n'i-
gnore pas l'horrible passion que
ce Monarque a conçu pour vous,
& les excés où il s'est porté pour
vous obliger à consentir à un in-
ceste affreux, & j'en ai même
conçu tant d'horreur, que je n'ai
pas daigné lui rendre une visite,

en paſſant dans ſes Etats ; mais
quoique nos conditions ſoient
bien égales, puiſque vous voyez
en moi le fils unique & l'héritier
du Sultan de Viſapour (*a*), je ne
dois pas me flatter que Cazan-
Can ait plus d'égard à ma qualité
& à mon amour, qu'il n'en a eu
pour les loix du ſang, qui lui dé-
fendent abſolument d'aſpirer à
votre poſſeſſion ; ainſi Madame,
ſouffrez que nous ne dépendions
point des volontés d'un frere in-
juſte, contre lequel doit s'armer
tout ce qui reſpire dans la nature.

On ne peut être plus ſurpriſe
que je le fus de la réponſe du
Prince de Viſapour. Seigneur,
lui dis-je, ne renouvellez pas

(*a*) Ville Royale & Capitale du Royaume
de Decan dans la preſqu'Iſle, entre le Gan-
ge, ſur la Riviere de Mandoua, & dans la Province de Cunkan Ce Royaume a quatre Ports,
ſavoir, Carapatan, Dabul, Rajapour, & Vin-
goutla. Il a pluſieurs Rois tributaires.

ma douleur, en me parlant de la
paſſion d'un frere que j'abhorre,
& qui eſt la cauſe unique de tous
mes malheurs, puiſque c'eſt en
le fuyant que nous avons fait naufrage ſur ces côtes ; je ne crois
pas même qu'il convienne, en
l'état où nous ſommes, de parler
d'un amour qui peut augmenter
nos peines ; je m'imagine, par ce
que j'en ai lû dans nos Poètes
Perſans, qu'il n'eſt propre qu'à
troubler la raiſon, & je ſens qu'en
l'état où je ſuis, j'ai beſoin de
toute la mienne. Nous paſſâmes
une partie de la journée dans de
pareils entretiens, & m'étant la
nuit ſuivante jettée ſur mon lit
de feuille, je croyois y trouver
quelque repos, & y jouir d'un
ſommeil tranquille, lorſque le
Prince de Viſapour ſe préſenta
devant moi en ſonge, avec un
air plus majeſtueux qu'il ne m'a-
voit encore paru. Canzadé, ma

dit-il, c'eſt en vain que tu me diſ-
putes encore ton cœur, laiſſe agir
le cours des deſtinées, il eſt écrit
dans le Livre des décrets divins
(a), que tu dois être à moi ; je
t'annonce donc de la part de notre ſouverain Prophete, que c'eſt
à moi ſeul que tes affections ſont
réſervées, & que je forcerai ton
frere à conſentir que je ſois ton
époux.

Je m'éveillai dans le moment
ſi agitée de mon rêve, que je
fus long-tems ſans pouvoir me
rendormir : je ne ſavois ſi je devois regarder ce qui venoit de
m'arriver, comme un avis du
Ciel, qui dans les vapeurs du
ſommeil nous annonce quelque-

(a) Les Muſulmans, appellent *Omm-Al-
ketab*, la Table ou le Livre des Décrets divins, où ils prétendent que le deſtin de tous
les hommes eſt écrit en caracteres ineffaça-
bles
Bibliot. Orient. fol. 886.

fois l'avenir , ou comme un effet de la converſation que j'a-
vois eue avec le Prince. Ah !
grand Interprête des volontés du
Ciel ! m'écriai-je, fondement iné-
branlable de notre Religion, Divin Mahomet , ſeroit-il poſſible
que ma deſtinée fût telle que vous
me l'annoncez par la bouche du
plus aimable de tous les hommes ! ſi c'eſt la volonté du Ciel
j'y réſiſterois en vain , mais en
attendant qu'elle me ſoit mieux
connue , je me tiendrai toujours
en garde contre ſes charmes ſé-
ducteurs. Si je ne fis pas paroître le lendemain à Corbedin
(c'eſt le nom du Prince de Viſapour) , combien je l'eſtimois
déja , ce ne fut pas ſans violence. Je crains , Meſdames , continua Canzadé , que vous n'ayez
pas aſſez d'indulgence pour ex-
cuſer ma foibleſſe : je ne veux
point chercher à la diminuer par

le mérite extraordinaire de ce
Prince, mais seulement par la
force du deftin, qui, comme
vous en jugerez par la fuite,
agiffoit puiffamment fur moi.

Pendant que nous n'étions occupés, pour ainfi dire, que de
nous feuls; le Capitaine, Albaert,
& l'Eunuque fe fervoient de nos
hameçons: il nous apporterent du
poiffon frais qui nous fit un plaifir
extrême, & il y avoit plus de
quinze jours que nous menions
une vie, à laquelle nous commencions à nous accoutumer,
lorfqu'un jour que le Prince, le
Capitaine & Schaban, allóient de
grand matin à la pêche; ils apperçurent en mer, deux Vaiffeaux
attachés au combat, mais dont
l'un des deux ne fe défendoit
qu'en reculant, & en cherchant
à gagner notre Ifle. Attentifs à un
fpectacle fi nouveau, ils fe coucherent le ventre contre terre,

&

& le vaiſſeau qui fuyoit ayant
abordé le rivage, ceux qui étoient
dedans enſortirentpromptement,
& ayant gagné l'écueil , ils ſe mirent en état de ſe défendre. A
peine celui qui les commandoit
les y eut-il diſpoſés, que leurs ennemis ayant touché le même rivage , & s'étant, ainſi que les premiers, jettés à l'eau qu'ils avoient
juſqu'à la ceinture, ils s'avancè-
rent avec fureur , & firent bientôt rougir la terre du ſang des
combattans. Les premiers arrivés ,
beaucoup plus foibles en nombre, avoient un poſte avantageux;
& leur chef les animoit de telle
ſorte par ſon exemple , que ceux
qui les attaquoient, trouverent en
eux beaucoup plus de réſiſtance
qu'ils n'en attendoient de gens
qui devoient être déja fatigués
d'un long & rude combat, où ils
avoient témoigné beaucoup de
valeur, & perdu grand nombre

Tome I.   T

des leurs; mais les derniers ayant
reçu un renfort de tous leurs soldats, & même des matelots qui
étoient dans leur vaisseau , les
premiers commencerent à lâcher
le pied : leur Chef se défendoit
avec une valeur extrême, & quoique blessé de plusieurs coups, il
disputoit sa vie avec plus de courage que d'espérance, & ayant
affaire à des gens sans générosité,
sans clémence, & animés de fureur de voir combien ils avoient
perdu de monde dans ce combat, il alloit succomber sous le
nombre , lorsque le Prince de
Visapour envisageant le Capitaine du Vaisseau , lui proposa d'aller au secours d'un homme, qui
avec au plus dix ou douze braves Officiers ou soldats , alloit
être accablé sans miséricorde ,
par le nombre de ses ennemis ,
qui montoit encore à plus de quarante personnes. Le Capitaine qui

étoit fort brave, n'héſita pas à répondre aux intentions de Cothbedin ; & Schaban leur ayant demandé la permiſſion de combattre ſous leurs yeux, ils coururent tous trois à la défenſe de ce brave homme. Le Prince & le Capitaine avoient chacun leur ſabre, & l'Eunuque ſe ſaiſiſſant de celui d'un des morts, ils ſe mêlerent tous trois dans le fort du combat. Les deux partis s'apperçurent bientôt de ce ſecours extraordinaire, le plus fort par le dommage qu'il en reçut, & le plus foible par les grandes actions que ces trois hommes firent ; & Cothbedin ayant en un moment fait tomber ſans vie ſix des plus hardis du parti, contre lequel il combattoit, il en fut regardé avec étonnement, & même avec frayeur.

Leur Chef avoit pourſuivi ce brave Guerrier, qui accablé de

laſſitude & de ſes bleſſures, s'é-
toit laiſſé tomber au pied d'un
rocher, il avoit déja le bras levé pour lui enfoncer le fer dans
l'eſtomach, lorſque le Prince de
Viſapour qui avoit pris garde à
cette action, prévenant d'un revers le coup mortel qu'il alloit
lui porter, lui coupa le bras auprès de l'épaule, & lui faiſant
voler la tête d'un ſecond coup,
il couvrit de ſon corps celui à
qui il venoit de ſauver la vie : rele-
vez-vous, Seigneur, lui dit-il, &
rappellez toutes vos forces pour
votre défenſe, puiſque le Ciel ſe
déclare en votre faveur. En pro-
férant ces paroles, il écarta tellement, à coups de ſabre, ceux
qu'étoient les plus échauffés autour de lui, qu'il donna moyen
à ce Guerrier de reprendre ſes
armes, de rappeller ſa vigueur
preſque éteinte, & d'animer encore les ſiens à une courageuſe

défenſe. Il y trouva plus de facilité qu'il n'y avoit lieu de l'eſpérer ; les ennemis, par la mort
de leur Chef que Cothbedin avoit
privé de la vie, & par l'étonnement qui les avoit ſaiſis aux merveilles qu'ils lui avoient vu faire,
étoient frappés d'une telle épouvante, que ſe culebutant les uns
ſur les autres, ils voulurent re-
gagner leur vaiſſeau ; mais le
Prince, ſecondé de ceux qui reſ-
toient de ſon parti, leur ayant
coupé chemin, les chargea avec
tant de furie, & fit des actions
de valeur ſi au - deſſus de toute
croyance, qu'ils périrent tous les
armes à la main.

Le combat étant fini de cette
ſorte, les Officiers & ſoldats de
ce Guerrier ſe rangerent autour
de leur Chef, qui tout bleſſé qu'il
étoit, ſongeoit moins à y apporter du remede, qu'à donner des
marques de ſa reconnoiſſance au

T iij

Prince de Visapour : nous sortons d'un combat, lui dit-il, duquel toute la gloire vous est due, vous m'y avez sauvé la vie, & avec la mienne celle des braves gens qui me restent : je vous en ai tant d'obligation, que je sens bien, Seigneur, que je n'en serai pas long-tems ingrat si le Ciel me favorise, en me fournissant l'occasion de m'en venger. Si je vous ai rendu quelque service, reprit modestement Cothbedin, vous pouvez, Seigneur, aisément le reconnoître en me sauvant non-seulement une vie que j'aurois bientôt perdue sans votre arrivée en ces lieux, mais encore avec elle, celle d'une personne que j'adore, & dont la conservation m'est plus précieuse que la mienne propre. Oh Ciel ! s'écria ce Guerrier, est-il possible que je sois assez heureux pour pouvoir si-tôt m'acquitter envers vous d'une partie de ce que je vous dois ! A ces mots Coth-bedin, sans lui dire son nom, ni le mien, lui ayant seulement appris en peu de mots notre naufrage & l'attente d'une mort presque certaine, ou tout au moins d'une vie très languissante sans son secours, le Guerrier marqua une joie infinie de pouvoir nous emmener sur son bord. J'atteste le Ciel qui m'a envoyé un si brave défenseur, dit-il au Prince, que non-seulement je vous tirerai de ce lieu, vous & les personnes de votre compagnie, mais encore que si le pouvoir absolu que je vous offre dans les lieux où j'en puis avoir ne vous y peut arrêter, je vous ferai conduire en telle partie du monde qu'il vous plaira de vous retirer. En achevant ce discours, l'Etranger vouloit, malgré ses blessures, venir avec le Prince chercher

T iv

ceux à la confervation defquels il
s'intéreffoit fi fortement. Mais
Cothbedin le trouvant trop foible, & voyant qu'il perdoit beaucoup de fang, le pria de vouloir
bien fe retirer dans fon vaiffeau
pour y faire vifiter fes playes,
jugeant qu'il y feroit beaucoup
mieux que dans notre Ifle dépour-
vue de toutes les commodités de
la vie, & l'affurant qu'il alloit
nous faire conduire fur fon bord.

L'Etranger ceda aux prieres du
Prince, & s'étant fait porter dans
fon vaiffeau, Cothbedin fut dans
une furprife qui égala fa douleur,
de s'appercevoir que le Capitaine & Schaban n'étoient pas auprès de lui : il les avoit vus combattre à fes côtés avec tant de
bravoure, qu'il appréhenda qu'ils
n'euffent péri dans cette action,
& effectivement il les reconnut
parmi les morts. La perte de deux
hommes auffi courageux, balan-

ça bien la joie qu'il devoit avoir
d'une victoire auffi complette ,
il leur donna des larmes ,finceres ,
& accourant enfuite à nos caban-
nes , il nous réveilla pour nous
faire , quoiqu'avec modeftie , le
récit d'une action auffi glorieufe
pour lui ; ce ne fut pas fans frémir que je le vis tout couvert de
fang. Ah ! Seigneur, m'écriai-je,
n'êtes-vous pas bleffé ? Non , Madame , me dit-il ; le Ciel qui me
réferve fans doute pour votre dé-
fenfe , n'a pas permis que je pé-
riffe dans le combat ; il s'eft con-
tenté du Capitaine de votre vaiffeau , & de Schaban , qui ont eu
bonne part à ma victoire , & je
loue ce même Ciel de ce qu'il
n'a pas permis qu'Albaert fe foit
trouvé dans une occafion auffi
périlleufe ; je ne doute point que
fon courage ne l'eût porté auffi
avant dans un danger où peut-
être il feroit refté ; mais , Mada-

me , pourſuivit- il , puiſque nos
larmes ne peuvent rendre la vie à
nos braves amis , ne perdons pas
le tems en réflexions & en plaintes inutiles ; le généreux inconnu
à qui je viens de rendre ſervice ,
nous attend ; j'ai ſa parole de
nous faire conduire en tel lieu
de la terre qu'il vous plaira. Une
nouvelle auſſi agréable diminua
bien la douleur que je reſſentois
de la perte du Capitaine & du
fidele Schaban , nous courûmes
dans le moment vers le bord de
la mer , nous y trouvâmes la chaloupe qui nous conduiſit dans le
vaiſſeau , & nous y entrâmes en
remerciant le Ciel de notre bonne
fortune.

Quoique je regardaſſe l'Iſle
que nous quittions comme un
lieu que peu de tems auparavant
j'avois cru devoir être mon tombeau, j'avoue que je ne pouvois
la quitter ſans regret , quand je

penſois que j'y avois fait la conquête du Prince de Viſapour ;
& Cothbedin, à ce qu'il m'a dit
depuis, la regardoit avec une eſpece de tendreſſe, en ſe ſouve-
nant que c'étoit dans ſon enceinte qu'avoit pris naiſſance une paſſion qui faiſoit tout le bonheur de
ſa vie.

En entrant dans le vaiſſeau,
le Prince apprit que celui qui en
étoit le maître, & auquel on venoit de mettre le premier appa-
reil ſur grand nombre de bleſſures, mais dont aucune n'étoit
mortelle, attendoit avec impatience ſon illuſtre défenſeur &
tous ceux de ſa compagnie : comme on nous aſſura que nous ne
l'incommoderions pas, nous entrâmes dans ſa chambre, & cet
homme s'étant levé pour embraſſer Cothbedin, je n'eus pas
plutôt jetté les yeux ſur lui, que
faiſant un cri horrible, je tombai

évanouie entre les bras de Karabag & de Gul-Endam , & le
Prince de Viſapour penſa expirer
de douleur, en voyant que celui à qui il venoit de ſauver la
vie ſe jetta preſque en bas du
lit , en s'écriant, oh Ciel ! c'eſt
Canzadé, c'eſt la Princeſſe d'Ormuz.

X. SOIRÉE.

Suite de l'Hiſtoire de Canzadé , Princeſſe d'Ormuz.

TOUT ce que j'avois vu de
plus affreux ſur la mer pendant
que nous avions été expoſés à ſa
furie , continua Canzadé , &
tout ce que l'on peut s'imaginer
dans les approches de la mort
que nous avions cru certaine en
arrivant dans l'Iſle déſerte que
nous quittions, n'avoit eu rien de

si épouvantable pour moi , que la rencontre de Cazan - Can ; car Mesdames , c'étoit le Sultan d'Ormuz , au pouvoir duquel je venois de tomber ; aussi fus-je long-tems sans revenir de la frayeur mortelle qui m'avoit réduite dans un état aussi déplorable.

Je n'étois pas la seule dont l'esprit fût violemment agité; si Coth-bedin portoit sur son visage des marques du plus violent deses-poir, celui du Sultan mon frere , ne fit pas paroître moins de fureur. Après les premiers mouvement de joie qu'il ressentit de m'avoir retrouvée : oh Ciel ! s'écria-t-il d'abord , vous me rendez donc Canzadé , au moment que j'avois perdu toute espérance de la revoir jamais : mais , en m'adressant la parole , je vois bien, poursuivit-il , que vous êtes toujours cette cruelle & inexorable Princesse que je n'ai pu flé-

chir., & que ma rencontre vous
eſt plus odieuſe que celle du
monſtre le plus furieux.

De quelque frayeur que je fuſſe
ſaiſie, je crus ne devoir laiſſer
aucun eſpoir à Cazan-Can, &
le regardant avec plus d'aſſuran-
ce qu'il n'en attendoit de moi :
Oui, Seigneur, lui dis-je, je
ſuis auſſi affligée de me trouver
en votre puiſſance, que je ſerois
charmée ſi je voyois en vous un
frere tel que vous devriez être;
& ſi, en vous fuyant comme un
Prince que votre paſſion me rendoit abominable, j'ai eſſuyé les
plus grands périls, je ſuis prête
encore à les affronter lorſque vous
perſévérerez dans les mêmes ſenti-
mens, & j'oſe vous aſſurer que je
crains moins la mort, que de conſentir à vos déteſtables deſſeins.
Ah! s'écria Cazan-Can d'une voix
terrible, je ne dois plus chercher
la cauſe de votre fuite ; ce n'eſt

pas la haine feule pour un frere
qui vous adore, qui vous y a dé-
terminée, il falloit que votre cœur
fût vivement frappé d'un autre
objet, je n'en puis plus douter
en vous voyant avec ce vaillant
inconnu. Qui que tu fois, continua-t-il, en fe tournant du côté
du Prince de Vifapour, tu me
vends trop cher le bienfait que
je tiens de toi, & tu me réduis
dans une peine plus grande que
celle où j'étois, puifque fans lâcheté & fans ingratitude, je ne
puis t'arracher la vie dont tu jouis,
ni te laiffer vivre qu'aux dépens
de tout mon repos. Ces paroles
prononcées d'un air à me faire
trembler, firent changer de cou-
leur à Cothbedin : peu accoûtu-
mé à de pareils difcours, je vis
bien fur fon vifage, que la feule
crainte de me déplaire, ou de rendre ma condition pire qu'elle n'é-
toit, caufoit fon plus grand em-

barras ; c'eſt pourquoi prévenant
ſa réponſe : Seigneur, repliquai-
je au Sultan, je demande à notre
Prophéte que dans mes malheurs je n'ai point inutilement
invoqué, qu'il m'abandonne aux
dernieres diſgraces ſans aucun ſecours , ſi j'avois jamais vû cet
Etranger avant que d'aborder à
cette Iſle , où le Ciel a permis qu'il
ſe ſoit trouvé pour la défenſe de
votre vie. Eh ! qu'importe , s'écria
Cazan-Can, qu'il ait part ou non,
à la fuite de Canzadé , ſi depuis
ce tems il a trouvé le ſecret de
lui plaire ? je ne m'en apperçois que trop dans vos diſcours ;
quand il ne m'auroit pas dit lui-
même qu'il vous adore , rien ne
ſauroit tromper des yeux auſſi
intéreſſés que les miens , & je reconnois dans ce brave Guerrier
des qualités trop grandes & trop
aimables pour mon repos , pour
qu'elles n'aient fait qu'une legere
                                impreſſion

impreſſion ſur votre cœur. Seigneur, interrompit Cothbedin en
ce moment avec une contenan-
ce aſſurée ; je n'ai point ces qualités, qui vous donnent de l'om-
brage, & quand elles ſe rencon-
treroient en ma perſonne, la
Princeſſe n'y auroit pas fait attention dans un inconnu, je crois
du moins que ce ſont ſes ſenti-
mens; à l'égard des miens, puiſque vous ne les ignorez pas :
je ne chercherai point à les juſ-
tifier par la crainte d'une mort
que j'ai vue il y a quelques momens très prochaine, ſans frayeur,
& de laquelle, avant vous, perſonne n'avoit été aſſez hardi pour
me menacer. Tu te déguiſerois
vainement devant moi par quelque conſidération que ce puiſſe
être, reprit Cazan-Can; je ne vois
rien dans toute ta perſonne, qui ne
me faſſe juger que ta naiſſance eſt
illuſtre ; mais plus elle ſeroit éle-

Tome I.   V

vée , plus la certitude que j'en
aurois te feroit fatale , & tu ne
me ferois jamais fi odieux que
quand je te faurois dans un rang
à pouvoir afpirer à la poffeffion
de la Princeffe ; ne m'apprens
donc point qui tu es, & fache
que la fortune m'a donné aujour-
d'hui la plus ample matiere qu'elle pouvoit m'offrir , d'exercer
toute ma vertu ; je tâcherai de
n'être point tout-à-fait ingrat envers toi , mais auffi je n'épargne-
rai rien pour t'empêcher de triom-
pher de mon malheur. Le Prince, à ces difcours , avoit toute
la peine imaginable à fe contenir
dans les bornes de la modéra-
tion , jettant les yeux fur moi
pour me faire comprendre la fituation douloureufe où il fe trouvoit ; mon frere nous furprit,
dans ce moment , & apperçut
fans doute dans nos regards quelque chofe de trop tendre ; cette

vue le fit entrer dans une fureur qu'il n'eût pas la force de diffimuler : C'en eft trop, s'écria-t-il, & peu s'en faut, audacieux Etranger, que tu ne me faffes fortir des bornes que j'ai bien voulu me prefcrire, n'irrite pas plus long-tems une ame agitée des plus cruelles paffions, retire toi de ma préfence & laiffe-moi la liberté de délibérer de ta deftinée & de la mienne. Ma deftinée, reprit fierement le Prince de Vifapour, qui commençoit à s'échauffer, ne dépendroit pas de toi en ce moment, fi je n'euffe prolongé ta vie par ma valeur. Je ne le fais que trop, reprit Cazan-Can, & fi je n'en avois pas le fouvenir bien préfent, je ne balancerois pas un inftant fur le parti que je dois prendre. Tu peux faire ce qu'il te plaira, repliqua Cothbedin en fortant de la Chambre du Sultan, la main fur la garde de fon fabre ; mais fais-

y réflexion plus d'une fois auparavant.

Le Chirurgien du vaiffeau,
craignant qu'une converfation
auffi animée ne fît tort à mon
frere, le pria de fe tranquillifer
un peu : il fe rendit à fon confeil;
mais fur le foir fes bleffures s'étant
trouvé empirées, l'on opina qu'il
falloit relâcher à la même Ifle
d'où nous fortions ; cet ordre
étant donné, Cazan-Can qui m'a-
voit fait garder à vue pendant
tout ce jour, me fit appeller ; &
après plufieurs difcours odieux,
auxquels je répondis avec beaucoup de fermeté, il me dit qu'il
venoit de prendre fa réfolution
fur la conduite qu'il devoit tenir
avec le vaillant Etranger qui trou-
bloit fon repos, & le fit prier de
paffer dans fa chambre.

Cothbedin informé que le Sultan fouhaitoit le voir, fe préfenta
devant lui d'un air très affuré ; &

le Sultan l'ayant regardé quelque tems sans parler, rompit enfin le silence. Brave inconnu, lui dit-il, le Ciel m'est témoin que je considere tellement le bienfait que j'ai reçu de toi, que s'il n'étoit balancé par l'outrage que tu m'as fait, je n'ai ni bien, ni dignité que je ne partageasse avec toi, comme avec mon Libérateur; je te dois la vie; je veux m'acquitter de ce service en t'offrant, suivant ma promesse, de te faire conduire en tel endroit de la terre que tu voudras choisir, excepté dans mes Etats, où je te défends de jamais mettre le pied; prépare-toi donc au départ dans ce moment; ressouviens-toi bien que notre séparation doit être éternelle, & que tu ne dois jamais t'exposer à chercher la Princesse d'Ormuz, si tu ne veux te livrer à une mort assurée.

Cothbedin auroit certainement

répondu avec hauteur aux difcours du Sultan, s'il n'avoit
craint d'augmenter encore mes
malheurs; je fuis affez payé du
fervice que je t'ai rendu par la
facilité que tu m'offres de quitter
ce rivage, lui dit·il; fouffre donc
que je monte le vaiffeau que tes
ennemis, qui, fans doute, n'é-
toient que des Pirates, ont laiffé
fur ces bords, & permets feulement que quelques·uns de tes
Matelots puiffent le conduire
jufqu'au premier Port. Cazan-
Can, charmé de voir la réfolution
de Cothbedin, envoya fur le
champ vifiter le vaiffeau; il ne
s'y trouva que douze Captifs en-
chaînés & enfermés dans le fond-
de-cale, tous les Pirates, qui faifoient eux-mêmes la manœuvre,
ayant péri dans le combat. Ces
douze malheureux étoient dans
un état déplorable, & prefque
morts de faim. Le Prince de Vi-

fapour ayant fait brifer leurs chaînes, & en ayant trouvé fix parmi
eux capables de conduire le
vaiffeau, qui fe trouva chargé
de vivres néceffaires, vint prendre congé du Sultan, & lui dit
que n'ayant pas befoin de fes
gens, il ne vouloit point diminuer
fon équipage. Je fens par ce refus, lui répondit Cazan-Can,
toute l'étendue de ta fierté & de
ta délicateffe, tu ne veux m'avoir
aucune obligation ; ce vaiffeau
t'appartient par droit de conquête : adieu, brave inconnu, accufe
mon malheur & non mon ingratitude ; furtout reffouviens - toi
que nous ne devons jamais nous
revoir, & que la Perfe eft un lieu
mortel pour toi. Tu me l'as déja
dit, reprit le Prince, je ne l'ou-
blierai pas ; & fi nous nous re-
voyons encore en quelqu'endroit
que ce puiffe être, je fouhaite
que cette rencontre te foit auffi

favorable que la premiere ; alors sans attendre la réponse du Sultan , il se retira , monta son vaisseau , & partit sans pouvoir me dire une seule parole.

XI. SOIRÉE.

Suite de l'Histoire de Canzadé ; Princesse d'Ormuz.

J'AVOUE, poursuivit la Princesse, que je ressentis une extrême douleur, au moment que je vis le vaisseau de Cothbedin s'éloigner ; elle fut d'autant plus cruelle, que je fus obligée de la dissimuler, pour ne pas aigrir encore davantage le Sultan , qui, après avoir demeuré six jours dans notre Isle, se croyant en état de se remettre en mer, s'embarqua pour retourner à Ormuz ; mais s'étant trouvé très mal dans le

cours

cours de la navigation , il fut
obligé de relâcher fur les côtes
de Malabar ; & s'étant fait porter à Cananor (a) , en attendant
une parfaite guérifon , il jugea à
propos d'envoyer quelqu'un de fes
Officiers à Ormuz , pour savoir en
quel état étoit fon Royaume , &
pour y porter fes ordres ; il craignoit avec juftice que fa paffion
pour moi , n'eût infpiré l'efprit de
révolte aux Grands de fa Cour ;
& qu'en fon abfence il n'y fût arrivé quelque foulevement , avec
d'autant plus de raifon , que la
précipitation avec laquelle il s'é-
toit mis en mer pour me pourfui-
vre , l'avoit empêché de donner
des ordres que la prudence exi-
geoit de lui pendant fon abfence ; & que comme un fimple

(a) Ville & Royaume de la prefqu'Ifle de
l'Inde , au-deça du Golphe de Bengale dans le
Malabar.

Tome I.   X

avanturier, il étoit parti presque seul sur le premier de ses vaisseaux, qui s'étoit trouvé prêt à faire voile; il fit donc acheter un petit Brigantin, & en attendant le rétablissement de sa santé, il envoya annoncer son prochain retour à Ormuz.

Ce que Cazan-Can avoit craint étoit arrivé. Abdarmon, Sultan de Balsora (a), avoit pendant l'absence de mon frere, fait des pratiques secrettes dans ses états: c'est ce qu'après plus de deux mois que ses blessures le retinrent à Cananor, il apprit de l'Of-

_____

(a) *Balsora* ou *Bassora*, Ville Capitale du Royaume de ce nom, située à l'extrémité de l'Arabie déserte, & proche de l'Arabie heureuse, qui est à son midi à deux journées au-dessous du lieu où se joignent les deux Fleuves, l'Euphrate & le Tigre, sur le bord de Schat El-Aarab, qui n'est autre que l'Euphrate & le Tigre joints ensemble; son Port est très bon & très sûr, étant à douze lieues de la mer en eau-douce, & il est large & si profond, que les plus gros vaisseaux y viennent sans crainte,

ficier qu'il avoit envoyé à Ormuz,
& qui revint dans la Ville où nous
étions. Abdarmon profitant des
mauvaises impressions que la passion de mon frere pour moi avoit
faite sur ses Sujets, leur fit entendre que le Prince Daoud-Can
mon pere, avoit usurpé le Trône
sur un de ses oncles, & qu'il n'é-
toit pas juste que le fils d'un usurpateur, dont les mœurs étoient
aussi dépravées, & duquel ils ne
devoient attendre qu'un regne
très dur, fût leur Roi. Il appuya
ses raisons d'une armée navale
très considérable qui se présenta
devant Ormuz, & se rendit maître de toute l'Isle, & d'une partie
des Etats de mon frere, sans verser que très peu de sang, les Premiers du Royaume ayant été in-
timidés par ses menaces, ou cor-
rompus par ses présens.

Le Visir à qui mon frere avoit
laissé le soin de ses Etats, étoit

X ij

presque le seul qui fut resté fidele
à son Maître ; obligé de quitter
Ormuz, il avoit parcouru quelques Villes de nos Etats ; & par
ses exhortations & l'argent qu'il
sut répandre à propos , ayant
formé un corps d'armée de près
de quinze mille hommes , il avoit
présenté la bataille au Sultan de
Balsora ; mais ayant été battu,
& ayant perdu plus de quatre
mille hommes , l'on ne voyoit
plus dans toute la partie de la
Perse dont mon frere étoit le maître , que beaucoup de frayeur,
peu de fidélité dans le peuple, &
un très grand danger pour la perte entiere du Royaume ; si le
Ciel n'y mettoit ordre.

Cazan-Can n'apprit pas ces
cruelles nouvelles sans une fureur
inconcevable. Voilà , Madame,
me dit-il , voilà le fruit de l'a-
mour que je vous porte ; il ne
suffit pas qu'en vous aimant je

perde le repos de mes jours : il
faut que je fois encore privé de
mon Royaume. Par - là , Seigneur, repartis-je, vous pouvez
connoître combien votre paffion
irrite le Ciel , & que vous ne devez efpérer de vous le rendre favorable, qu'en y renonçant. N'en
parlons plus , s'écria le Sultan ,
& courons au plutôt au fecours
de mon Vifir , puifqu'il vit encore , j'efpere dans peu chaffer
Abdarmon de mes Etats , ou
vous délivrer par ma mort d'un
malheureux Prince que je vois
bien que vous ne regardez qu'a-
vec horreur.

Quoique mon frere ne fût pas
entierement guéri , il ordonna
qu'on préparât tout pour fon départ ; & ayant fait charger fon
vaiffeau de plufieurs marchandifes
qu'il fit acheter à Cananor , nous
partîmes quelques jours après :
mais ayant eu prefque toujours le

vent contraire, nous ne pûmes arriver au Cap de (a) Jasque, que
plus d'un mois plus tard que nous
aurions dû y aborder. Là , mon
frere ayant fait descendre à terre
un des siens, il l'envoya à un de
ses Sujets qu'il savoit lui être fort
affectionné, & qui se rendit le
lendemain sur notre bord.

Cazan-Can apprit de lui avec
une douleur extrême , que le fidele Visir avoit été tué , & que
le peu de soldats qui n'avoient
pas reconnu l'autorité d'Abdarmon , n'avoient plus d'espérance
qu'en un brave homme, qui dans
le cours de cette guerre avoit fait
des actions si éclatantes , que le
Visir l'ayant fait son Lieutenant,
l'Armée après sa mort l'avoit
choisi pour commander en Chef;

_____

(a) *Jasque* , Principauté dans le Royaume
de Perse sur la côte de Kerman : le Cap de Jasque est le plus proche des terres d'Ormuz.

que depuis ce tems le brave Sahed (c'eſt le nom de cet homme) s'étoit comporté avec tant
de ſageſſe & de valeur, que le
Sultan de Balſora à qui il avoit déja repris quatre de ſes principales
Villes, lui avoit fait offrir une de
ſes filles en mariage, avec les
avantages les plus conſidérables,
s'il vouloit mettre bas les armes;
mais que ce généreux guerrier
avoit rejetté ſes offres, & lui
avoit fait réponſe que n'ayant
pas d'autre objet que celui de
rétablir Cazan-Can ſur le Trône, il en viendroit à bout ou
qu'il y perdroit la vie.

Cette nouvelle ayant agréable-
ment ſurpris mon frere : Ami,
dit ce Monarqe à l'habitant de
Jaſque, mon vaiſſeau eſt rempli de marchandiſes dont je l'ai
fait charger à Cananor, pour pouvoir rentrer dans mes Etats ſous
la figure d'un commerçant ; an-

X iv

nonce-moi ici fur ce pied , afin
que je puiſſe y deſcendre en ſu-
reté : je prétends aller bientôt
joindre cet illuſtre guerrier, mourir à ſes côtés , ou rentrer dans
tous mes droits ; & en ce cas le
récompenſer de ſes ſervices d'une
maniere ſi éclatante, que l'on ne
fera preſqu'aucune différence de
ſon fort avec le mien.

Cazan-Can ayant le lendemain
fait débarquer ſes marchandiſes,
il les remit entre les mains de ce
fidele ſujet qu'il avoit à Jaſque ;
& y ayant fait acheter huit chevaux, pour lui, pour moi, & pour
ſix des plus braves de ſa ſuite,
après nous être munis de provi-
ſions néceſſaires , & nous être
joints à une petite caravane, nous
ne marchâmes que de nuit , &
nous traverſâmes ſans être con-
nus, tout le chemin de Jaſque
(a) à Lar, en moins de trois ſe-

_____

(a) Lar, Ville & petit Royaume en Perſe,

maines : plus nous approchions de cette Ville, plus Cazan-Can apprenoit des nouvelles qui ranimoient son espérance. Quoique Lar soit d'une médiocre grandeur, cependant comme elle est bâtie autour d'un rocher sur lequel il y a un Château très fort, non-seulement l'armée victorieuse du Sultan de Balsora y avoit échoué ; mais Sahed par plusieurs avantages qu'il avoit toujours remportés sur elle depuis la mort du Visir, l'avoit repoussée jusqu'à (a) Gomron ; & mon frere s'étant fait connoître aux

---

dans la Province de Farsistan sur le Fleuve Tisindon ; il est situé entre Hispahan & Ormuz ; il y fait d'excessives chaleurs.

(a) *Gomron*, *Comoron*, Ville aujourd'hui appellée Bender Abassi, à cause que ce fut le grand *Chah-Abas*, qui commença à lui donner de la vogue, est fort petite, mais néanmoins considérable à cause de sa situation propre pour le commerce ; elle n'est éloignée de l'Isle d'Ormuz que de quelques lieues.

principaux Habitans de Lar , que notre défenseur avoit contenus dans leur devoir , ils vinrent se jetter à ses pieds , & l'assurer d'une fidélité à toute épreuve. Comme Sahed étoit occupé à poursuivre les ennemis , Cazan-Can crut qu'il lui seroit honteux de rester à Lar , sans aller lui-même combattre le Sultan de Balsora ; il choisit pour cet effet environ deux cents, tant Officiers que Soldats de la garnison ; & partant avec nous pour aller join-dre Sahed , il envoya annoncer à son Armée , qu'il venoit en personne défendre ses droits con-tre l'usurpateur Abdarmon , & chargea un de ses Soldats qui avoit été (a) Schater, de rendre

_____

(a) Les Schaters sont des valets de pied ou coureurs, qui pour être reçus dans cette char-ge , sont obligés de faire leur chef-d'œuvre , c'est-à-dire , de faire à pied trente six lieues du matin au soir.

Voyez les cérémonies pour la réception d'un

à Sahed une Lettre conçue à-
peu-près en ces termes.

Brave Guerrier , dont la seule
valeur me rétablit dans mes Etats,
je serois le plus ingrat de tous les
hommes , si je ne t'en témoignois
pas la plus vive reconnoissance :
comme je n'ai point de récompense
à t'offrir qui puisse égaler la gran-
deur des services que tu m'as rendus,
tu la choisiras toi-même dans un
Royaume que je ne tiens que de toi ;
& je te jure par ma tête , (sur la-
quelle notre Prophete puisse faire
tomber la foudre , si je te manque
de parole) , qu'il n'est rien que tu
n'obtiennes du Sultan d'Ormuz.

Nous marchâmes ensuite presque sans discontinuation , vers
Sahed ; & nous arrivâmes, après
dix jours de marche, devant une

Schater , dans les Voyages de Thevenot au
Levant , tome 3 folio 335.

forterelle que Daoud-Can mon
pere avoit fait autrefois bâtir entre (a) Guitchi & Gomron , &
que notre illuftre défenfeur venoit encore de reprendre fur nos
ennemis.

Le Sultan ne s'y fut pas plutôt
fait reconnoître , qu'on nous en
ouvrit les portes , comme l'on
avoit fait à Lar ; nous y fûmes
reçus avec toute la joie imaginable , & nous y paſsâmes la nuit
tranquillement, en attendant Sahed , qui ne fut pas plutôt informé de notre arrivée, que quittant

(a) *Guitchi* ou *Ghetſchi* , eſt un lieu éloigné
de ſept ou huit lieues de Gomron ; c'eſt un
des plus agréables endroits de la Perſe ; on n'y
voit aujourd'hui qu'un Karavanſerail. A trois
ou quatre lieues de cet endroit il y a une montagne que les Perſans croient être occupée par
de mauvais eſprits , qui tuent ceux qui veulent
paſſer par un chemin qui conduit à leurs habi-
tations , & que ces mauvais génies y ſont occupés à faire des chauderons.
Voyages de Thevenot , tome 4 folio 475.
Tavernier , tome 2 folio 431.

le Camp, il vint fe rendre à la
forterefle, pour recevoir du Sultan toutes les marques d'amitié
dont il l'affuroit par fa lettre. Ce
Héros fuivi feulement de fix Officiers qu'il avoit choifis pour l'ac-
compagner ; s'étant fait annoncer
à mon frere le lendemain de notre arrivée, on vit briller fur fon
vifage, une extrême fatisfaction.
Ma fœur, me dit-il, allons au-
devant d'un homme à qui j'ai tant
d'obligations, & ne craignons
point d'en trop faire pour un guerrier qui n'a point fon pareil dans
tout l'Orient ; alors Cazan-Can
courant les bras ouverts au-devant
de l'illuftre & brave Sahed, il ne
l'eut pas plutôt envifagé, que reculant deux pas en arriere : Jufte
Ciel ! que vois-je ? s'écria-t-il,
c'eft l'inconnu qui m'a fauvé la
vie dans l'Ifle déferte, où je fus
pourfuivi par les Pirates.

XII. SOIRÉE.

Suite de l'Histoire de Canzadé, Princesse d'Ormuz.

JE ne pus , Mesdames, continua la Princesse , entendre ces paroles, & reconnoître dans Sahed le Prince de Visapour, sans ressentir dans tout mon corps un tremblement universel. Oui , c'est moi, Seigneur, dit alors ce Héros ; & si je n'ai pas suivi exactement vos intentions , je crois, par le service que je viens de vous rendre , avoir bien réparé cette faute. Tu te trompes , interrompit brusquement le Sultan , sans faire attention aux obligations infinies qu'il avoit à ce Guerrier ; quelle est ta folle témérité ! Quoi, malgré l'expresse défense que je t'en ai faite , tu viens dans mes Etats te mettre à la tête de mes

Sujets ; & tu oſes te préſenter
devant moi avec autant d'aſſu-
rance que ſi je n'étois pas ton plus
irréconciliable ennemi ? As-tu
donc oublié le ſerment que j'ai
fait en ta préſence , qu'aucune
conſidération ne te ſauveroit la
vie , ſi tu mettois jamais le pied
dans mon Royaume ?

Le hazard , reprit froidement
Sahed , peut m'avoir conduit ſur
tes terres ; le deſir de t'y ſervir
m'y a retenu ; je l'ai fait peut-être
avec aſſez de ſuccès , pour avoir
lieu d'eſpérer d'un Monarque tel
que toi , plus de reconnoiſſance
que tu n'en fais paroître à mon
égard ; & après la Lettre que tu
viens de m'écrire , j'ai cru ne devoir plus rien craindre de ſer-
mens auſſi injuſtes que ceux que tu
fis au moment de notre ſéparation.
Ah ! dit mon frere avec fureur ,
quelques obligations que je te
puiſſe avoir , elles ſont toutes

effacées par ton amour pour
Canzadé ; c'est lui seul qui t'a
rendu assez hardi pour venir en
Perse contre ma défense ; après
cela, juge quelle doit être ta destinée, & ne te plains point de
moi, si les obligations que je t'ai
de la vie, & de la conservation
de mes Etats, cedent aux fureurs
d'un amant outragé & desespéré.
Alors le Sultan se tournant de-
vers ses principaux Officiers, qui
étoient extrêmement surpris de
ce discours, il leur ordonna d'arrêter Sahed.

Au commandement que Ca-
zan-Can fit de mettre la main sur
le Libérateur de ses Etats, tous
ceux qui se trouverent dans la
Salle où nous étions, commençoient à murmurer assez haute-
ment ; & ce retardement à ses
(a) ordres absolus redoublant sa

_____

(a) La Perse est un Etat Monarchique,
fureur,

fureur, il mettoit déja la main fur
fon fabre pour fe faire obéir
par force, ou pour fondre fur le
Prince, lorfque ce Héros prenant la parole d'un ton extrêmement fier : Je m'étois flatté, lui
dit-il, de recevoir de toi un au-

---

gouverné par des Rois, dont le pouvoir eft fi
abfolu, qu'il n'a aucunes bornes, ni limites ;
leurs Sujets ne les regardent qu'en tremblant,
& ils ont un tel refpect & une obéiffance fi aveugle pour leurs ordres, que quelqu'injuftes qu'ils
puiffent être, ils les exécutent contre toute forte
de droit divin ou naturel ; auffi quand ils ju-
rent par la tête de leurs Sultans, ce ferment eft
plus authentique, que s'ils le faifoient par ce
qu'il y a de plus facré dans le Ciel & fur la
terre. Ces Monarques n'obfervent aucune for-
malité de Juftice dans la plûpart de leurs Ar-
rêts ; & fans confulter perfonne, non pas même les Loix ni la Coutume, ils jugent des
biens, de la vie & de la mort de leurs Sujets,
felon qu'il leur plaît, n'ont aucun égard pour
la qualité ou la dignité des perfonnes ; & fans
s'aftreindre aux genres des fuplices ufités dans
le pays, ils en imaginent, & ordonnent ceux
que la fantaifie leur fuggere. On en verra des
exemples dans toutes les relations des Voyageurs, & principalement dans celles de Tavernier, du Chevalier Chardin, & de Thevenot.

tre traitement ; mais toutes tes
actions ont un tel rapport avec
l'exécrable paffion pour laquelle
tu veux excufer ton ingratitude,
que pour le prix de ta vie & du
falut de ton Royaume, je ne devois pas attendre de toi d'autre
récompenfe, que celle que tu
me prépares ; mais fi tes intentions font exécutées, je ferai affez
vengé de toi par la honte que je
te laiffe de traiter avec autant
d'indignité, un homme à qui tu
conviens d'avoir des obligations
auffi grandes : apprends cependant que tu ne difpoferois pas ici
de ma liberté, & que tu ne me
l'ôterois qu'avec la vie, & aux
rifques de la tienne, fi je voulois
la défendre ; mais je ne veux ici
te faire que des leçons de géné-
rofité : agis en Monarque, fi tu
as encore affez de vertu pour cela ; rentre en toi-même, étouffe
un amour qui te rend déteftable

devant Dieu & devant tes propres Sujets , & sache que la Princesse Canzadé est seule capable
de me faire rendre les armes.
En finissant ces paroles , le Prince mit son sabre à mes pieds ;
& se tournant vers les Officiers
de Cazan-Can : exécutez , leur,
dit-il , avec un souris amer , les
ordres de votre maître ; il sentira
bientôt par ma détention ou par
ma perte (si le Ciel le permet à
sa honte) , l'injustice de son procédé.

Si ces paroles pononcées avec
une grace & une hauteur dignes
du Prince , étonnerent Cazan-
Can , elles redoublerent sa fureur
& sa confusion. Tu viens , lui
dit - il en écumant de rage , de
prononcer ton arrêt ; & cet amour
pour Canzadé, dont tu fais gloire,
en te précipitant au tombeau ,
donnera un exemple aux jeunes
audacieux tels que toi , de mieux

régler leur ambition. Si j'aime la
Princeffe, reprit Sahed, elle ne
doit point être offenfée de ma
paffion, comme elle eft outragée
par la tienne ; & fi j'ai porté mes
vœux jufqu'à elle, c'eft que je me
fuis cru en état d'afpirer à fa poffeffion ; penfe donc plus d'une
fois à la maniere dont tu dois en
ufer avec un Prince qui a pour
tributaires des Rois auffi puiffans
qu'étoit celui d'Ormuz, avant
que je l'euffe rétabli fur le trône
dont il fe montre fi indigne ; &
tremble de payer par ton fang,
& par celui de tous tes fujets, les
indignités que tu me prépares.
En achevant ces mots, cet illuftre Guerrier paffa dans l'appartement qu'il avoit occupé dans
la forterefie jufqu'à l'arrivée de
mon frere, & laiffa ce Monarque
dans une agitation fi violente,
qu'il fut plus d'un quart d'heure
fans parler, & donnant fur fon

visage les marques les plus visi-
bles d'une fureur dont j'appréhen-
dois les effets funestes; mais ensuite rompant le silence qu'il gardoit depuis si long-tems. Cet in-
solent, dit - il , s'imagine donc
être seul capable de faire tête au
Sultan de Balsora , je vais lui
faire voir le contraire; & pendant
qu'on le gardera avec la derniere
exactitude , je veux me mettre à
la tête de mes Troupes , & vous
montrer que je ne lui cede point
en valeur. Alors ayant recommandé au Gouverneur de la Forteresse d'avoir un soin extrême de
son prisonnier , & d'empêcher,
sur sa vie , que je puisse le voir
ni lui écrire , il partit avec les Soldats qu'il avoit amenés de Lar ,
une partie de ceux de Guitchi ,
& courut se faire voir à son armée
qui l'attendoit avec une extrême
impatience.

Comme les forces d'Abdarmon

étoient très affoiblies, mon frere
fe croyant affez fort pour le combattre, ne fut pas plutôt arrivé au
Camp qui étoit devant Gomron,
qu'il l'excita par une Lettre outrageante à fortir de fes retran-
chemens. Ce Monarque n'ignoroit pas l'indigne procédé de Cazan-Can envers Sahed ; cette nouvelle avoit tranfpiré jufques dans
fon camp, & profitant de la conf-
ternation des foldats de mon frere, par rapport à l'ingrat traitement que l'on faifoit à leur Libérateur, il n'héfita pas un moment à accepter le combat.

Les deux Sultans ayant fait,
chacun de fon côté, tout ce qui
étoit néceffaire pour animer leurs
Soldats, on fe battit de part &
d'autre, avec beaucoup de courage : mais quelque valeur que
mon frere fît paroître, comme
elle n'étoit pas accompagnée de
prudence, & que fes Troupes

n'avoient plus à leur tête l'invin-
cible Sahed, elles plierent bientôt devant celles d'Abdarmon.
Cazan-Can au defefpoir, & ne
voulant pas chercher fon falut
dans une honteufe fuite, fut porté par terre; & malgré les efforts
de la bravoure la plus marquée,
il fut fait prifonnier avec plufieurs
de fes Officiers qui n'avoient jamais voulu l'abandonner.

Ce Prince ingrat, qui, quelques
momens auparavant, fembloit ne
courir au combat & à la victoire, que pour porter enfuite le fer
dans le fein de fon bienfaiteur,
fe voyant alors lui même dans les
chaînes, entra dans des mou-
vemens de rage inexprimables;
il fentoit bien que fon ennemi ne
pouvoit affurer les droits qu'il
prétendoit avoir fur la Couronne
d'Ormuz, que par fa mort, &
l'on peut aifément juger de fon
état déplorable. Pendant qu'il fe

livroit aux plus ameres réfléxions,
comme notre Forterefle étoit affez près du camp des ennemis,
pour que je n'ignoraffe pas long-
tems ce qui s'y paffoit, je fus
bientôt informée de la perte de
la bataille, & de la détention
du Sultan; & comme j'étois en
ce moment avec le Gouverneur,
je n'héfitai pas un inftant à lui
ordonner de me conduire à l'appartement de Sahed : il n'ofa me
défobéir, & toutes les portes
m'en ayant été ouvertes : Seigneur, m'écriai-je en entrant dans
la chambre avec tous les Officiers qui m'accompagnoient, Abdarmon eft vainqueur, le Sultan
eft fon prifonnier, vous feul êtes
capable de réparer la faute que
fon imprudence vient de commettre ; & cette épée qui nous
a fi bien fervis jufqu'à préfent, &
que je vous rends, n'eft pas faite
pour refter dans le foureau en
cette

cette occasion : Cazan-Can a violé
en votre personne les droits les
plus sacrés; mais, Seigneur, il est
mon frere , & vous êtes trop
généreux pour l'abandonner à
son malheureux sort. Madame,
me répondit ce Héros , je reçois
la liberté que vous me rendez
avec toute la reconnoissance possible ; le souvenir de l'injure que
m'a fait le Sultan , ne m'empê-
chera pas d'employer encore ma
vie pour son service : je ne négli-
gerai rien pour répondre dignement à la haute attente que vous
avez de mon courage ; & je mour-
rai dans ce jour, ou je vous ren-
drai ce frere qui cause vos allarmes. Allez donc , brave Guerrier , lui dis-je , allez encore prodiguer votre vie pour un ingrat ;
mais, ne vous exposez pas de telle
sorte , que vous puissiez oublier
l'intérêt que je prends à ce qui
vous regarde ; & faites si bien en

fecourant Cazan-Can, que vous ne deveniez plus la victime d'un reffentiment injufte, qui devroit couvrir de confufion ce Prince malheureux. Cothbedin ne me répondit qu'en me baifant la main, dont il prit fon fabre ; & faifant armer tous ceux qu'il trouva dans la Fortereffe, à l'exception de peu de perfonnes qui refterent avec moi, il en fortit, & raffembla en peu d'heures les débris de notre armée qui accouroient vers lui de toutes parts. Quoiqu'il parût hors de raifon de les mener à un fécond combat, il trouva tant d'ardeur & de confiance dans leurs difcours, & fes troupes fe croyoient fi fûres de la victoire fous la conduite de ce vaillant Guerrier, qu'il n'héfita plus à les mener droit à Gomron.

La victoire que le Sultan de Balfora venoit de remporter, & qu'il croyoit décifive, l'avoit jetté dans une telle fécurité, que, peu attentif à l'ordre qui fe doit garder dans un camp, fes foldats étoient tous hors de leurs rang, & la plûpart livrés au vin & au fommeil. Le Prince de Vifapour averti de ce défordre, jugea à propos d'en profiter, & avec fa petite armée compofée au plus de fix mille hommes, ayant attendu que la nuit fut avancée, il fondit avec tant de fureur fur nos ennemis, qu'il eut bientôt égorgé prefque tous ceux qui étoient dans le Camp avant qu'ils fe fuffent mis en état de fe défendre.

Abdarmon qui avec fes principaux Vifirs jouiffoit dans Gomron d'un fommeil tranquille, fut bientôt réveillé par les cris & le tumulte, & courant aux armes, il fit ouvrir les portes de la Ville, au moment que le Prince s'y préfentoit, pour tâcher de s'y introduire par furprife ; cela lui fut

d'autant plus aisé, que le Sultan
de Balsora, qui ignoroit l'entiere
défaite de ses Troupes, croyant
que c'étoit ses propres soldats
qui vouloient se retirer dans la
Ville, alla au devant d'eux pour
les encourager à faire tête à l'ennemi. Le Prince qui s'apperçut
de son erreur, le laissa approcher, & ensuite lui ayant coupé
le chemin, il poussa son cheval
vers lui avec une vivacité qui le
découvrit pour être son ennemi :
& lorsqu'il fut assez proche de
lui pour en être entendu : Sultan, lui dit-il, reconnois Sahed,
protecteur d'un Roi que tu veux
opprimer sans raison ; tu es mon
prisonnier, puisqu'avec le peu de
soldats qui t'accompagnent, il y
auroit de la témérité de te mettre en défense : tout ton Camp a
passé sous le fil de nos sabres, &
mes troupes sont déja maîtresses
de Gomron. Le Sultan de Bal-

fera furpris au dernier point de
fa fituation, & la rage dans le
cœur de voir une révolution fi
fubite dans fa fortune, aima mieux
rifquer de perdre la vie, que de
furvivre à fon malheur ; & s'a-
vançant comme un lion furieux
contre le Prince, il l'attaqua de
maniere à mériter toute fon attention. Jamais Cothbedin n'a-
voit trouvé un ennemi fi digne
de fa valeur ; mais enfin la victoire s'étant déclarée en faveur du
Prince, Abdarmon tomba de fon
cheval, couvert de tant de bleffures, qu'il expira le moment d'a-
près. Si fes Officiers virent fa
mort avec frayeur, elle augmenta bientôt par le peu d'efpérance
qu'ils eurent de la venger ; au
contraire les habitans de Gomron
qui avoient effuyé toutes les in-
fultes d'un vainqueur infolent, fe
joignant aux foldats du Prince,
firent main-baffe fur eux & fur

ceux du Sultan de Balfora ; & en moins d'une demi - heure, quelques ordres que pût donner Cothbedin pour faire ceſſer le carnage, il n'y eut d'épargnés que ceux qui ſe ſauvant ſur quelques vaiſſeaux qui étoient dans le Port, couperent les cables & gagnerent la Mer.

Le ſuccès de cette victoire preſque incroyable fut ſi prompt, que le Sultan d'Ormuz qui étoit priſonnier dans Gomron, n'en fut pas même averti. Cothbedin vou-lant le ſurprendre , avoit donné des ordres qui furent exactement ſuivis : il ſe fit ouvrir les portes de ſon appartement, & ſe pré-ſenta devant Cazan - Can. Ce malheureux Prince ſurpris de ſa vûe , & ne ſachant de quelle maniere l'interprêter , ſa jalouſie ſe réveilla ſi puiſſamment , que ſa captivité lui en devenant in-ſupportable. Ah ! c'en eſt trop, s'écria-t-il ; si mes Sujets m'ont trahi en t'ouvrant ta prison , tu ne devois pas du moins me venir braver dans la mienne.

XIII. SOIRÉE.

Suite de l'Histoire de Canzadé, Princesse d'Ormuz.

COTHBEDIN , continua la Princesse , ayant laissé exhaler toute la fureur de Cazan - Can*, lui parla en ces termes : Si j'étois resté dans la Forteresse de Guitchi , Cazan - Can seroit encore dans les fers , & son fort dépendroit du Sultan de Balsora : ce Monarque n'est plus , je l'ai tué de ma main ; tous vos ennemis sont morts ou en fuite ; & loin d'être prisonnier dans ces lieux , je viens , Seigneur , vous annoncer que vous y commandez ab-

Z iv

folument ; cette révolution fi fubite vous étonne ; cependant toute incroyable qu'elle vous paroisse
être, elle n'en est pas moins véritable.

Une nouvelle fi peu attendue
frappa tellement le Sultan, qu'il
fut long-tems les yeux baissés en
terre ; ensuite, fortant comme
d'une profonde rêverie : Je vois
bien, lui dit-il, brave Sahed,
que je suis né pour être foumis
aux évenemens les plus cruels,
& pour vous avoir toujours les
obligations les plus essentielles ;
je dois rougir de honte de vous
avoir deux fois marqué tant d'ingratitude, & puisque le Ciel se
déclare contre moi, recevez pour
le prix de tant de services, la
Princesse Canzadé : mais j'exige
que vous ne l'épousiez que dans
vos Etats, puisque vous m'avez
fait connoître hier que vous étiez
Souverain. Ah ! Seigneur, reprit

Cothbedin , en embraſſant Cazan-Can , je ſuis trop content de
cette condition , vous ne devez
point douter que le Sultan de
Viſapour mon pere , ne ſoit honoré de votre alliance , & ce
Monarque m'aime trop tendrement pour qu'aucune raiſon puiſſe le rendre contraire à ma ſatisfaction : Eh bien donc, Prince,
de Viſapour , reprit Cazan-Can ,
allez chercher ma ſœur à Guitchi , où ſans doute , elle eſt reſtée ;
choiſiſſez dans le Port dont vous
êtes le maître , tel vaiſſeau qu'il
vous plaira ; partez promptement
pour les Indes , & permettez ſeulement que la Princeſſe arrive
dans vos États avec une ſuite con-
venable à ſa qualité.

Le Prince reçut ce conſente-
ment avec une ſatisfaction extraordinaire : Ah ! Seigneur, dit-
il à mon frere , je m'étois toujours bien douté que votre ver-

tu triompheroit d'une paffion...
Brifons là-deffus, s'écria Cazan-
Can, partez dès demain, s'il eſt
poſſible, avec Canzadé que je
ne veux pas même voir ; je ne
me fens pas affez de force pour
lui dire un éternel adieu. Allez
fans perdre de tems, lui annoncer une nouvelle qui la comble-
ra de joie, & qui m'accable de
douleur ; je vais donner mes ordres pour votre départ.

Cothbedin monta auffi-tôt à
cheval, vint m'annoncer un fi
heureux changement, & le lendemain le vaiffeau s'étant trouvé
prêt, nous partîmes du Port de
Gomron, & fîmes voile vers Jaf-
ques, où je pris Karabag, Gulendam, & Albaert, que mon
frere y avoit laiffés avec fon vaiffeau, & après être fortis du Golphe d'Ormuz, nous entrâmes
dans la Mer d'Arabie.

Nous jouiffions, le Prince &

moi, d'une tranquillité parfaite,
lorſque la fortune nous fit bientôt
connoître qu'elle n'étoit pas entierement réconciliée avec nous,
& que nous avions encore à eſ-
ſuyer des dangers auſſi grands,
que ceux que nous avions évités.
Il y avoit près d'un mois que
nous voguions avec un tems des
plus favorables, lorſqu'un matin que le Prince étoit dans ma
chambre, Albaert y entra tout
effrayé : Seigneur, dit - il, à
Cothbedin, préparez-vous à défendre votre vie, avec un petit
nombre d'hommes qui veulent
bien mourir à vos côtés ; & con-
noiſſez toute la noirceur d'ame
du Sultan d'Ormuz. Ce Prince,
ou plutôt ce monſtre, a donné
ordre au Capitaine du vaiſſeau,
de vous faire jetter à la Mer en
cet endroit, & de ramener la
Princeſſe dans ſes Etats ; & cet
homme qui vient de montrer l'or-

dre à l'Equipage, est résolu, au
péril de sa vie, d'exécuter les volontés de son Maître ; c'est ce
que je viens d'apprendre d'un de
ceux à qui le Capitaine a communiqué ses intentions, & qui
loin de s'y prêter, fait tous ses
efforts pour soulever les Soldats
du Sultan en votre faveur. Je
restai muette à une si cruelle nouvelle, poursuivit la Princesse, &
mon affliction fut si violente, que
je ne sais comment je n'y suc-
combai pas ; pour Cothbedin,
loin de s'effrayer du danger où
il étoit, il ne parut sensible qu'à
ma situation, & m'ayant recommandée à Karabag, il mit le sabre à la main, sortit de sa chambre, & trouvant à sa porte le généreux Persan, qui avoit instruit
Albaert, des ordres du Sultan,
avec plus de vingt braves soldats,
résolus à périr, plutôt que de
souffrir qu'on lui fît la moindre

infulte, il l'embrafla, & alla au devant du Capitaine, pour lui reprocher fa lâcheté.

Cet homme voyant fon def-fein découvert, fe prefla de l'é-xécuter, croyant accabler le Prin-ce par la multitude des perfides qui lui obéiffoient aveuglément; & l'attaquant avec furie, il trou-va dans Cothbedin, Albaert, & fes défenfeurs une fi vigoureufe réfiftance, qu'il en fut au défef-poir. Jamais le Prince n'avoit fait de fi prodigieux efforts de valeur ; il avoit avec l'aide d'Albaert, du généreux Perfan, & de fa fuite, tué plus de foixante de fes enne-mis, & il étoit fi fatigué d'un com-bat qui duroit depuis plus de deux heures, qu'il y a apparence qu'il alloit être accablé fous le nom-bre, lorfque le Ciel parut en-voyer à notre fecours deux vaif-feaux, que le trouble où l'on étoit, avoit empêché de décou-

vrir, & qui accrocherent le nôtre au moment que nous y pen-
fions le moins, mais pourtant fi
à propos, qu'un inftant plus tard,
Cothbedin n'étoit plus en état de
fe défendre. Pendant que ces nouveaux Guerriers qui n'avoient pû
regarder fans admiration la valeur de Cothbedin & d'Albaert,
tailloient en pieces nos ennemis,
le Prince ne pouvant plus fe foutenir de l'extrême laffitude qu'il
reffentoit, fe laiffa couler contre
le mât, & Albaert le couvrant
de fon corps, attendit ce que les
Chefs de ces foldats décideroient
de leur fort. Les Capitaines des
deux vaiffeaux avoient paru avoir
trop d'eftime pour eux, pour ne
leur pas fauver la vie; il les firent promptement fecourir, &
les bleffures du Prince, ainfi que
celles d'Albaert & du Perfan, ne
s'étant pas trouvées bien dange-
reufes, les Chirurgiens après les

avoir panfés, jugerent qu'ils n'a-
voient befoin que de repos. Ils
commençoient à en goûter la
douceur, lorfque je me trouvai
dans une fituation encore plus déplorable qu'auparavant, en apprenant que nous venions de tomber
entre les mains de Corfaires, &
qu'ils procédoient au partage du
butin qu'ils venoient de faire dans
notre vaiffeau. Mais quelle fut
ma douleur quand je vis quelques
heures après, mon cher Cothbedin livré au fommeil le plus
profond, que l'on emportoit fur
un matelas, & qu'avec le Perfan
& plufieurs de fes braves défenfeurs on les fit paffer fur un des
vaiffeaux des Pirates : jamais je
n'ai reffenti un plus violent défefpoir ; mes cris auroient dû le
tirer de l'affoupiffement où il
étoit : mais ce vaiffeau faifant
voile fur-le-champ, je vis avec
lui emporter toutes mes efpéran-

ces, & je restai sans aucun mouvement pendant un tems très
confidérable.

Par un excès de bonheur pour
moi, je ne fus pas féparée de Karabag, de Gulendam, & d'Albaert. Quoiqu'accablés des mêmes malheurs, ils employerent
tous les moyens possibles pour
me faire revenir à moi ; mais ils
ne purent modérer l'extrême douleur que je ressentis, sur-tout lorsque celui qui commandoit notre
vaisseau, ayant trouvé en moi
quelque beauté, malgré l'état où
j'étois, me fit entendre qu'il m'ho-
noroit de son attention, & qu'il
ne tenoit qu'à moi que ma captivité fût des plus douces.

XIV.

XIV. SOIRÉE.

Suite de l'Histoire de Canzadé, Princesse d'Ormuz.

UNE pareille nouvelle augmenta tellement mon défespoir, que je fus dix fois prête à me précipter dans la Mer ; & j'aurois exécuté cette réfolution, fi Albaert ne m'en avoit détournée, & ne m'eût promis de tout employer pour s'oppofer aux intentions du Pirate.

Je paffai la nuit, qui fuivit cette cruelle journée, dans une agitation fi violente, que je tombai férieufement malade. Une fièvre des plus ardentes s'empara de moi ; & Albaert voyant que la douleur feule la caufoit, jugeâ pouvoir me foulager en me parlant en ces termes : J'ai cru

Tome I.   A a

m'appercevoir , Madame , qu'il
y a de la division dans ce vaisseau , & que votre nouvel amant
n'y est point aimé ; laissez-moi
le soin d'animer contre lui ses
propres soldats , & je vous jure,
qu'avant qu'il soit peu , je lui
donnerai tant d'occupation, qu'il
aura bien de la peine à s'en dé-
barrasser.

Albaert me tint bientôt parole ; il fit entendre à l'équipage
que leur Chef me réservant pour
sa part , les privoit par-là du plus
grand butin qu'ils pussent jamais
espérer ; que j'étois l'épouse du
Prince de Visapour , qu'il n'y
avoit rien qu'ils ne dussent attendre pour ma rançon , en me
gardant tout le respect qui m'é-
toit dû , & les menaça des plus
violens effets de sa fureur , s'ils y
manquoient , puisqu'il étoit assez
puissant pour les aller chercher
en quelqu'endroit de la terre qu'ils

puſſent ſe retirer , & venger ſur
eux , par les ſupplices les plus
terribles , les outrages qu'ils auroient ſouffert être faits à une
épouſe qu'il adoroit : il les aſſura
au contraire , que ce Prince leur
feroit tant de bien à tous , s'ils
prenoient ma défenſe , qu'ils
pourroient déſormais ſe paſſer de
faire un métier qui ne les enri-
chiſſoit pas ſans riſquer à tout
moment leur vie. Les repréſen-
tations d'Albaert firent une ſi forte impreſſion ſur l'eſprit de tous
ces gens , que l'un d'eux ſe chargea de parler à leur chef ; il lui
expoſa ſa miſſion , mais dans des
termes ſi peu polis , que ce bru-
tal entrant dans une colere extrême , ne lui fit point d'autre
réponſe que celle de lui enfoncer ſon poignard dans le cœur.
Une action auſſi barbare étonna
tellement l'équipage , que chacun reſtoit immobile , & n'oſoit

A a ij

prendre vengeance de fon camarade, lorfqu'Albaert fe faifif-
fant du fabre du défunt, & fondant fur le Pirate, il lui en déchargea un coup d'une main fi
puiffante, qu'il lui fendit la tête
& la moitié de l'eftomach, &
par cette mort me débarraffa du
plus dangereux ennemi que j'euffe
à craindre

Tout l'équipage furpris de la
force & de l'intrépidité d'Albaert, ne le regarda dès ce moment qu'avec admiration : Tu ferois digne de nous commander,
lui dirent les foldats d'un commun accord, fi nous voulions
continuer un métier auffi dangereux : mais réfolus de fuivre tes
confeils, mene - nous à Vifapour,
pour y rendre cette Princeffe à
fon époux, & tiens-nous la parole que tu nous as donnée.

Albaert la leur confirma encore ; & profitant de la bonne

volonté de ces gens, fit tourner
la proue du vaiſſeau vers Dabul (a). Après un voyage très
heureux, nous y débarquâmes,
& là, comme, par reſpect pour
moi, l'on ne m'avoit point fouil-
lée; je remis à Albaert une ceinture, ſur laquelle en partant de
Gomron j'avois fait attacher mes
principaux diamans, & que j'a-
vois cachés avec beaucoup de
ſoin. Il en alla vendre une partie
aux Juifs de Dabul, & en ayant
fait plus de cent mille pieces
d'or, il en diſtribua quatre-vingt
mille à l'Equipage, qui en fut
très content. Après nous être
ſéparés de ces braves gens, nous
prîmes la réſolution de nous rendre par terre à Viſapour; nous
eſpérions y avoir des nouvelles
du Prince Cothbedin, qui auroit
pu ſe racheter des Pirates, par

_____

(a) Port de Mer du Royaume de Viſapour.

une rançon pareille à la mienne;
mais comme je ne voulois me découvrir dans cette Cour, qu'au
cas que j'y rencontraſſe le Prince,
je jugeai à propos de prendre,
ainſi que Gulendam, des habits
d'hommes, pour pouvoir marcher
avec plus de commodité ſous ce
déguiſement. Etant donc partis
de Dabul, nous arrivâmes cinq
jours après à Viſapour, où j'eus
la douleur d'apprendre qu'on ne
ſavoit ce qu'étoit devenu le
Prince.

    Albaert ayant par mon ordre
été trouver le Sultan de Viſapour, & ſans entrer dans aucun
détail de ce qui me regardoit,
lui ayant fait ſavoir la détention
de ſon fils, & le nom du Pirate
qui commandoit le vaiſſeau ſur
lequel il devoit être, ainſi qu'il
l'avoit ſû de ceux qui nous
avoient rendu la liberté, ce Monarque au déſeſpoir d'un pareil

évenement, ayant fur-le-champ
donné des ordres très prompts,
l'on fit partir de fes Ports vingt
vaiffeaux, pour aller au fecours
du Prince, & pour parcourir
toute la mer des Indes, & celle
d'Arabie. Pendant que ces vaiffeaux étoient occupés à chercher
Cothbedin, je laiffai une Lettre
au Concierge du Principal Karavanferail de Vifapour, pour rendre au Prince en cas de retour,
& je l'affurai que dans fix mois,
au plus tard, je l'attendrois à
Cambaye, où je me rendrois
après avoir été à Chitor. Dans
l'incertitude d'être un jour en état
de reconnoître dignement les
fervices que j'avois reçus d'Albaert, je crus que je devois au
moins me rendre dans cette Ville, pour y confulter l'Aveugle
que le vieillard lui avoit indiqué :
étant donc partie de Vifapour par
terre avec lui, Gulendam, & Ka-

rabag, nous arrivâmes, après beaucoup de tems & de fatigue, à Chitor. Comme nous voyagions en gens qui voulions être inconnus, nous allâmes loger dans le Karavanferail; & le lendemain nous étant rendus à la Mofquée, nous trouvâmes réellement près de la porte un aveugle, tel que le vieillard l'avoit dépeint en fonge. Nous nous approchâmes de lui; & lui ayant donné par aumône une piece d'or: Frere, lui dit Albaert, j'ai traverfé la mer d'Arabie, une partie de l'Océan Indien, & depuis Dabul jufqu'ici, je fuis venu par terre pour te voir. Pour me voir, répondit l'aveugle avec furprife! Qu'y a-t-il donc de fi rare en moi, pour t'avoir engagé à faire tant de chemin? car il faut que tu aies fait plus de huit cents lieues pour cela; je n'en ai effectivement guere moins fait; &

même

même peut-être plus, par rapport aux différens évenemens
qui nous sont survenus dans ce
voyage ; mais je m'estimerai bien
payé de toutes mes peines, si tu
m'instruis de ce que je souhaite
d'apprendre. Tu as été trop généreux à mon égard, pour que je
te refuses rien de ce qui dépendra
de moi, reprit l'aveugle : explique moi donc de quoi il s'agit.
Dans trois rêves consécutifs,
poursuivit Albaert, un vieillard
toujours le même, m'a ordonné
de me rendre à cette Ville, &
m'a assuré qu'à la porte de cette
principale Mosquée, je rencon-
trerois un aveugle, qui me feroit
trouver un trésor des plus considérables : j'ai hésité, sur la foi
d'un songe, à entreprendre un
voyage aussi long ; mais enfin je
l'ai fait, je t'ai trouvé, as-tu quelque chose de bon à m'annoncer ?

L'aveugle à ces dernieres pa-

roles fit un grand éclat de rire :
Camarade, lui dit-il, il faut que
tu fois bien fou, pour avoir traverfé tant de pays avec fi peu de
jugement ; tout aveugle que je
fuis, j'ai plus d'efprit & de raifon
que toi. J'ai eu plus de fix fois un
rêve à peu-près pareil. Une vieille
femme m'a fait en fonge un commandement prefque femblable au
tien ; mais je n'ai pas été affez
extravagant pour t'imiter. Et que
t'avoit ordonné cette vieille femme, reprit Albaert ? Des fadaifes,
des impertinences , des chofes fi
hors de bon fens que je n'ai pas
daigné y faire la moindre attention ; elle m'affura, continua l'a-
veugle, que fi je voulois recou-
vrer la vûe, que je n'ai perdue
que par accident, je n'avois qu'à
paffer en Perfe , & me rendre
dans la Ville d'Ormuz ; qu'à une
demie lieue de cette Ville , du
côté de la mer , je demandaffe

la maison d'un certain Albaert ;
que dans cette maison il y a une
petite tourelle de brique , qui
fait un angle du jardin ; que derriere un panneau de la boiserie
de cette tourelle , sur laquelle est
peinte une jeune paysanne ayant
un doigt sur la bouche , il y a une
armoire ; qu'outre un nombre extraordinaire de pierreries & de
pieces d'or , qui étoient dans cette
armoire , j'y trouverois une petite
bouteille remplie d'une eau miraculeuse qui me rendroit l'usage
de mes yeux , & que cette eau
avoit été composée par un grand
Philosophe , appellé Bahalul ,
ami de notre grand Prophete :
voilà bien des circonstances que
j'ai retenues , parceque , comme
je te l'ai dit , cette femme m'est
apparue plusieurs fois ; mais j'ai
regardé cela comme des folies,
que les vapeurs de la nuit produi-
sent ; je n'en ai fait aucun cas ;

Bb ij

& quoiqu'il y ait plus d'un an
que tout cela me foit arrivé, je
n'ai pas daigné y faire la moindre
attention ; cependant j'ai trouvé
depuis ce tems plufieurs occa-
fions favorables pour faire le
voyage d'Ormuz,

XV. SOIRÉE.

Suite & conclufion de l'Hiftoire de
Canzadé, Princeffe d'Ormuz.

JAMAIS furprife ne fut égale à
la nôtre, & à celle d'Albaert.
Ami, dit-il à l'aveugle, en l'embraffant avec des tranfports de
joie que l'on ne peut exprimer,
je connois à préfent que rien
n'eft plus véritable que ton rêve. Je fuis cet Albaert fils de
Bahalul, l'un des plus favans
hommes de toute la Perfe : nos
fonges ont trop de conformité,

pour que je ne trouve pas dans cette armoire que tu m'indiques si exactement, les tréfors que tu m'aſſures y être, & je puis bien à mon tour te promettre de t'aider de l'eau merveilleuſe qui s'y doit rencontrer; mon pere avoit pour les maladies les plus incurables, le ſouffle de notre grand Prophete, & je ne doute point qu'avec cette bouteille, nous n'y découvrions encore d'autres remedes auſſi ſurprenans.

L'aveugle fut à ſon tour auſſi étonné qu'on puiſſe l'être. Quoi, vous êtes véritablement cet Albaert, lui dit-il, cet homme que j'avois cru un être imaginaire ! Vous êtes fils de Bahalul, vous avez une maiſon près d'Ormuz, dans le jardin de laquelle il y a une tourelle, & ſur un des panneaux de ſa boiſerie, il ſe trouve une fille peinte tenant un doigt ſur la bouche ? Oui, mon ami,

lui répliqua Albaert , tout cela
eſt très conforme à la vérité ; &
quelque peu d'apparence qu'il y
ait que nous puiſſions ſitôt retourner en Perſe, par des raiſons
trop longues à te raconter , je
vois bien que la fin de nos malheurs eſt prochaine , & nous
avons lieu de croire que l'Envoyé de Dieu nous regardant en
pitié , il touchera le cœur d'un
Monarque, qui nous réduit dans
l'état déplorable où nous ſommes.
Quoi qu'il en ſoit , viens avec
nous ; loin de te laiſſer dans la
miſere qui paroît t'accabler , j'aurai ſoin que tu ne manques de
rien ; & juſqu'à ce que nous puiſſions retourner en Perſe, tu par-
tageras avec nous nos peines &
nos plaiſirs. Très volontiers , reprit l'aveugle , je ſuis un homme iſolé , je ne tiens à rien, &
dès ce moment je ne vous quitte
plus. Nous emmenâmes alors l'a-

veugle avec nous ; & après avoir séjourné seulement deux jours à Chitor , nous prîmes la route de Cambaye , où en arrivant nous avons été loger avec notre aveugle dans le Karavanserail. Hélas ! ce pauvre homme ne nous ayant pas retrouvés depuis notre arrivée dans ce Palais, nous aura regardés comme des fourbes , & sera dans une affliction mortelle de se croire le jouet d'Albaert.

Gehernaz voyant que la Princesse avoit cessé de parler , lui demanda pourquoi l'aveugle n'avoit pas soupé chez le Concierge du Karavanserail le jour de leur arrivée à Cambaye. Il étoit incommodé de la fatigue du voyage , & peut-être du changement de nourriture, répondit Canzadé, & il avoit demandé à se reposer. Cela étant , dit Cothrob, il sera peut-être encore resté à Cam-

baye , & je vais donner ordre
qu'il foit tranfporté au moment
même dans ces lieux ; enfuite
adreffant la parole à la Princeffe :
votre vertu, Madame , a été trop
injuftement perfécutée, pour que
notre Prophete ne vous ait pas
favorifée dans les différens évenemens de votre vie ; vous devez reconnoître les marques vi-
fibles de fa protection dans tous
les fecours qu'il vous a envoyés fi
à propos , & je vous annonce
de fa part , que vous verrez dans
peu le Prince de Vifapour , &
qu'il fera votre époux. Vous avez
lieu d'être furprife de cette pré-
diction, j'en fuis moi-même étonné ; mais cédant aux infpirations
du grand Mahomet , je me fens
forcé de vous apprendre que vous
touchez au moment où vos malheurs vont finir.

Peu s'en fallut que Canzadé
n'expirât de joie à une nouvelle

ſi peu attendue. Quoi, il ſeroit
poſſible qu'après tant de traver-
ſes, je me vais voir l'épouſe du
brave Cothbedin ? Ah ! vénérable
vieillard, s'écria-t-elle, ne cherchez - vous point à ſoulager ma
douleur amere, en m'annonçant
un bonheur ſi ineſpéré ? comme
il paſſe mon attente, permettez,
ſans vous offenſer, que je doute
un peu de la ſolidité de vos promeſſes ; mais cependant j'apperçois ſur votre viſage tant de marques de vérité, que je commence
à croire que vous ne cherchez
pas à me tromper. Non, Madame, reprit Cothrob, vous me
rendrez bientôt juſtice, & l'é-
venement vous fera connoître
que je ne vous ai rien dit qui ne
m'ait été dicté par le Prophete.

Les Sultanes écoutoient avec
étonnement les promeſſes de l'I-
man ; elles ſe perſuadoient que
pour flatter la paſſion de la Prin-

cesse, il lui promettoit un bonheur imaginaire, ne voyant aucune apparence que ses chagrins
dussent sitôt finir. Cependant se
prêtant à ses idées, elles renou-
vellerent à Canzadé les assurances
quelles lui avoient déja données
d'une protection qui lui étoit d'autant plus agréable, qu'elle étoit
frappée que, si ce qui se passoit
dans ce Palais n'étoit pas un songe, les Sultanes étoient véritablement des Périzes.

L'heure de souper étant venue,
les Sultanes se retirerent, & l'on
conduisit leurs Hôtes dans le Salon où ils avoient coutume de
prendre leurs repas. A peine com-
mençoient-ils à manger, que l'a-
veugle conduit par le Prince Schirin, qui se retira aussi-tôt, parut à la porte ; à cette vûe Albaert se levant avec précipitation,
courut au-devant de lui : Eh !
mon cher ami, je te revois en-

fin, lui dit-il; que j'étois fâché de notre séparation ! L'aveugle entendant la voix d'Albaert, ouvrit les bras, & l'embraffant tendrement : Je croyois t'avoir perdu pour toujours, reprit-il, & je maudiffois déja l'heure à laquelle je t'avois connu, parceque je te prenois pour un fourbe; mais je fens à préfent que je me fuis trompé; je fouhaiterois feulement savoir la raifon pour laquelle vous m'avez tous quitté, & en quel endroit je fuis à préfent. Le Concierge du Karavanferail tâchoit il n'y a qu'un quart d'heure, de me confoler de mes inquiétudes à ton fujet, & nous allions fouper enfemble, lorfqu'il eft entré dans la chambre où nous étions un homme qui m'a pris brufquement par la main, & qui fans me rien dire, fi non, fuivez-moi, m'a conduit jufqu'à la porte de la rue; là, j'ai été faifi par qua-

tre perſonnes, qui m'enlevant en
l'air, m'ont apporté juſqu'en ces
lieux. Puiſque tu ignores encore
où tu te trouves, reprit Albaert,
apprends, mon ami, que tu es,
ſuivant toutes les apparences,
dans le Ginniſtan, & qu'en un
moment tu viens d'être tranſporté par des Periz dans un Palais
auſſi ſuperbe que celui que le Prophete promet aux vrais Croyans
après leur mort.

L'aveugle éclata de rire à cette
réponſe. Ah, ah, dit-il, cela eſt
nouveau; & ce Palais eſt-il ſitué
dans la Ville de Gabkar (a), ou
dans celle d'Anbarabad; car tu
vois que je ſais un peu la carte

_____

(a) Les Hiſtoriens ou Romanciers Orientaux, diſent que le Déſert habité par les Génies, eſt ſitué dans la partie la plus Occidentale
de l'Afrique, &, entre pluſieurs Villes de ce
pays fabuleux, nomment celles de Gabkar &
d'Anbarabad.
Voyez la Bibliotheque Orientale, fol. 167
& 396.

de ce Pays ? J'ignore , reprit très
férieufement Albaert , fi le lieu
où nous fommes eft dans la partie
la plus occidentale de l'afrique ,
comme quelques Auteurs l'affu-
rent , ou fi ces génies bienfaifans
ont bâti ce Palais dans quelqu'autre endroit du monde ; mais il eft
bien sûr , fi nous ne devons pas
regarder notre féjour en ces lieux
comme un fonge de gens bien
éveillés , que nous y avons été
tranfportés par enchantement, &
que nous nous y trouvons très
bien ; ce n'eft point une raille-
rie , & c'eft un malheur pour toi
d'être privé de voir toutes les
merveilles dont nous fommes les
témoins ; mais il y a lieu de croire , que tu éprouveras bientôt,
ainfi que nous, l'effet des bontés
de ces favorables génies ; & pour
commence à t'en reffentir , viens
te mettre à table , tu connoîtras
bientôt par la délicateffe des mets,

& par leur profufion, que tu es
dans un lieu véritablement déli-
cieux.

L'aveugle fut interdit pendant
quelques momens ; enfuite prenant fon parti en homme d'efprit:
qu'importe où je me trouve, répondit - il, pourvû que je fois
avec toi & avec ta compagnie, je
ferai content. Soupons donc,
auffi bien j'ai grande faim. L'on fe
mit à table, l'on mangea de bon
appétit, & l'heure de fe retirer
étant venue, on conduifit à l'ordinaire la Princeffe & fa fuite dans
leurs appartemens, & l'aveugle
fut mené par deux efclaves dans
une falle de bain, où après l'avoir
mis en état de paroître le lendemain devant les Sultanes, ils le
ramenerent enfuite dans la chambre qu'on lui voit deftinée, où ils
le mirent au lit.

Pendant que tout ceci fe paffoit au grand contentement des

Sultanes , Cothrob étoit retiré
avec le Sultan Oguz. Ce Monarque qui paroiſſoit ſatisfait de
l'Hiſtoire de Canzadé , plaignoit
extrêmement ſes malheurs. Je
ſerois charmé , dit-il à l'Iman ,
que cette Princeſſe délivrée des
perſécutions de Cazan-Can , pût
retrouver Cothbedin , & qu'elle
l'épouſât ; car quelqu'eſpérance
que vous lui en ayez donnée, j'ai
bien de la peine à croire que cela
puiſſe arriver encore ſitôt. Vous
avez donc penſé, Seigneur, reprit Cothrob , en riant , que dans
les promeſſes que j'ai faites à
Canzadé , mon ſeul but étoit de
chercher à étourdir ſa douleur?
Je vous croyois plus perſuadé de
mon pouvoir ; eh bien , afin
que vous n'en doutiez plus , vous
en verrez demain des effets ſurprenans.

L'on avoit joui dans tout le
Palais d'un profond ſommeil ,

pendant la nuit qui fuivit cet en-
tretien ; & à peine étoit-il jour,
que Gulendam fe réveillant, &
voulant embraffer tendrement Albaert : lumiere de ma vie, lui dit-
il , laiffez-moi , s'il vous plaît,
dormir , j'ai befoin de repos , puifque dans ce moment , j'arrive
d'Ormuz. Gulendam ne put à
ce difcours s'empêcher d'éclater
de rire ; & fes ris ayant attiré
dans leur chambre la bonne Karabag, elle alla en ouvrir tous les
volets ; & voulant éveiller Albaert , elles furent très furprifes
de lui voir au col une chaîne d'or,
à laquelle pendoit un petit coffret
de même métal. Qu'eft-ceci ,
mon cher époux , dit alors Gulendam , d'où vous vient ce bi-
jou fi précieux ? C'eft, répondit
Albaert , en bâillant & fe frot-
tant les yeux , un petit coffre
qui renferme de la poudre pour
faire de l'or , & de l'eau dont
vous

vous verrez bientôt les effets
merveilleux fur les yeux de notre
aveugle ; mais au nom de Dieu,
encore une fois , laiffez-moi re-
pofer, je vous repete que j'en ai
un extrême befoin. Oh ! dit Karabag, en le prenant par le bras,
il faut que tu nous racontes tout-
à-l'heure qui t'a fait préfent de
cette chaîne & de ce coffret. Albaert s'étant tout-à-fait éveillé
en ce moment , & regardant
avec une extrême attention ce
qu'il avoit au col : oh ciel ! s'é-
cria-t-il , ce n'eft point un rêve,
il feroit donc vrai que j'aurois été
cette nuit tranfporté à Ormuz ;
que le vieillard qui m'avoit ordonné d'aller à Chitor , m'auroit
conduit dans le Sallon défigné
par notre aveugle, & que je pof-
féderois dans ce coffret deux tréfors d'un prix ineftimable ? Oui,
j'ai cela trop préfent pour n'y pas
ajouter foi , & il m'eft bien aifé

Tome I.   C c

d'en faire l'épreuve. Tâchez , ma
mere, continua-t-il , en s'adreffant à Karabag , de nous faire
avoir dans ce Palais un creufet,
du feu , & un morceau de plomb;
j'ai vû plufieurs fois faire cette
opération à mon pere , & je ne
doute point que je ne vous faffe
voir la protection vifible du Prophete fur ma perfonne. Karabag
s'étant alors adreffée à un des efclaves , pour favoir fi l'on pouvoit trouver les chofes que fon
fils demandoit, on les lui apporta
quelques momens après ; & Albaert ayant fondu environ une demie livre de plomb , n'eut pas
plutôt jetté dans le creufet gros
comme la tête d'une épingle , de
la poudre qui étoit dans le coffret,
que dans l'inftant le plomb fut
converti en or ; Ah ! s'écria-t-il
en ce moment , il n'en faut plus
douter , voici une marque trop
certaine de la bonté du Ciel à

notre égard ; & j'ai tout lieu de
croire que l'eau de cette bouteille
est aussi merveilleuse que cette
poudre, & qu'elle rendra bientôt la vûe à notre ami : je suis
d'avis de l'éprouver sur lui. Canzadé entra dans la chambre de
Gulendam en ce moment ; elle
fut dans un étonnement extrême,
en apprenant ce qui venoit de s'y
passer : comme les choses les plus
extraordinaires ne lui paroissoient
pas impossibles dans le lieu où
elle étoit, elle y ajouta foi fort
aisément ; mais elle représenta à
Albaert qu'elle croyoit qu'il devoit faire l'essai de cette eau miraculeuse en présence des gens à
qui ils avoient tant d'obligation,
& qu'il falloit remettre cette opération à l'heure à la quelle ils se
trouveroient dans le sallon.

Albaert se rendit aisément à
l'avis de la Princesse ; & ayant
tous passé dans l'appartement de

l'aveugle, pour lui annoncer sa prochaine guérison ; ils le trouverent entre les mains de deux esclaves, qui, après lui avoir fait & parfumé la barbe, venoient de lui mettre une robbe & un turban tout neuf , que les Sultanes lui avoient envoyé avec toute la suite de l'habillement. Les circonstances du rêve d'Albaert qu'on lui raconta , lui paroissoient si surprenantes, qu'il ne pouvoit les croire: vous voulez vous réjouir à mes dépens, leur dit-il ; mais je ne suis pas si crédule , & je ne serai persuadé de la réalité du voyage que Albaert a fait cette nuit à Ormuz, & de son retour en ces lieux, que lorsque cette eau qu'il vante tant , m'aura rendu la vûe. Tu n'auras pas bien long-tems à attendre pour cela , lui répondit Karabag. Ce soir tu connoîtras sans doute, l'effet merveilleux de cette eau, que l'on peut véritablemeut appeller

Divine , si elle opére dans son es-
péce comme vient de faire cette
poudre miraculeuse. Enfin , après
avoir passé tout le jour dans la
joie , l'heure de se rendre au sallon étant arrivée , & chacun y
ayant pris sa place ordinaire , Albaert raconta aux Sultanes ce qui
lui étoit arrivé pendant la nuit
précédente. Si elles furent surprises à la vûe du coffret & du
plomb changé en or très pur ,
elles le furent encore davantage ,
lorsqu'après avoir bien examiné
les yeux de l'aveugle , & être
convaincues qu'il ne voyoit pas
clair ; l'une d'elles ayant pris la
bouteille où étoit l'eau qui devoit
lui être si salutaire , & lui en ayant
versé quelques gouttes sur les
yeux , elles apperçurent dans
l'instant un changement extrême
dans l'humeur cristalline , qui de
terne qu'elle étoit , devint brillante , solide & transparente.

L'aveugle ayant alors recou-
vré la vûe, après avoir regardé
avec le dernier étonnement la
magnificence du fallon, & tous
ceux & celles qui y étoient, fe
profterna le vifage contre terre :
Ah ! grand Prophete, s'écria-t-il,
fi j'avois pû jamais douter de ta
puiffance & des miracles que
notre religion t'attribue ; il ne
me feroit plus permis aujourd'hui
de refter dans l'incrédulité, après
ce qui vient de m'arriver. Je te
reconnois, comme j'ai toujours
fait, pour l'ami de Dieu ; je sais
que depuis ta defcente dans le
berceau (a), les Anges qui enre-

(a) Les Sectateurs de Mahomet croient que
tout homme a deux principaux Anges pour
Infpecteurs de toutes fes actions, dont l'un
écrit le bien qu'il fait, & l'autre le mal ; ces
Anges font fi bons, que quand celui qui eft
fous leur garde, commet une mauvaife action,
ils le laiffent dormir avant que de l'enregif-
trer, efpérant qu'il pourra fe repentir à fon réveil ; & fi en effet il s'en repent, ils écrivent

giſtrent toutes nos paroles, n'entendirent jamais de toi aucun mot qui ne donnât du raviſſement à ton Créateur, & que le Meſſager céleſte de la vérité, baiſe tous les jours le ſeuil de ta porte, parce que c'eſt le véritable chemin pour aller au Trône du Tout-Puiſſant. Bien perſuadé de cette vérité, je te rends mille graces pour celle que je

---

que Dieu l'a pardonné ; ils l'accompagnent par-tout, excepté aux lieux où la nature nous oblige de nous délivrer des reſtes de la digeſtion, ſe contentant d'attendre à la porte pour rentrer dans leurs charges. Les Muſulmans à cette occaſion obſervent une cérémonie fort ſinguliere : ils mettent d'abord à l'entrée de ces lieux ſecrets, le pied gauche, afin que l'Ange qui obſerve leurs mauvaiſes actions, les laiſſe le premier, parceque c'eſt le côté gauche qu'il occupe, & quand ils en ſortent, ils mettent le pied droit en dehors, afin que l'Ange qui préſide aux bonnes œuvres, les ſaiſiſſe le premier.

Voyez la Bibliotheque, Orient. fol. 793.

Voyages de Grelot, de Thevenot : Voyage du Levant, Chap. 30 & de Corneille le Brun, Tome premier, fol. 301 aux Notes.

viens de recevoir par ton moyen ;
je te promets d'être plus exact
que je ne l'ai été dans tous les
exercices de ma Religion, & je
reconnois que la même main,
qui m'avoit privé de la vûe pour
me punir de mes fautes, vient
de me la rendre à caufe de mon
repentir.

Ce ne font pas-là, dit Albaert,
étonné de ce qu'il venoit d'entendre, les difcours d'un homme tel
que toi : Auffi reprit l'aveugle
clair voyant, n'ai-je pas toujours été obligé de vivre des cha-
rités des vrais Croyans, & je me
fuis vû autrefois très en état de
la faire aux autres. Comme il me
paroît, dit Gehernaz, que tu es
un homme dont la vie doit avoir
été remplie d'évenemens finguliers, tu nous ferois plaifir de
vouloir nous les raconter. Volontiers, reprit l'aveugle, je ne
me ferai pas prier pour fi peu de
chofe.

chofe. Alors voyant qu'on lui prê
toit attention, il parla dans ces
termes.

XVI. SOIRÉE.

Hiftoire d'Aboul-Affam, Aveugle de Chitor.

MON Pere étoit un Négo-
ciant de Chitor, affez mal à fon
aife ; comme il n'avoit que moi
d'enfant, & qu'il ne me reconnut aucun goût pour le Commerce , il me propofa de prendre une profeffion , par le moyen
de laquelle je puffe vivre commodément , fi j'avois quelque
jour le malheur de perdre le peu
de bien qu'il pouvoit me laiffer :
nous paffâmes en revue les différens états de la vie , & après
les avoir prefque tous rebutés ,

Tome I.   D d

je choisis celui d'exercer la Médecine (a). C'est une profession

---

(a) Les Médecins en Orient, & principalement en Perse, sont en même-tems Droguistes & Apoticaires. Ils ont chacun leur Boutique dans laquelle ils se tiennent, ou tout le jour, ou à de certaines heures seulement, selon qu'ils ont plus ou moins de pratique, ayant leur compagnon Droguiste à côté d'eux; ce qu'il y a de singulier, c'est qu'on leur mene là leurs malades que l'on porte sur un cheval dans les bras d'un homme, monté en croupe pour les soutenir. Le Médecin sans se remuer de sa place, demande d'abord à voir l'urine du malade, dont on lui en porte toujours une phiole, après il fait tirer la langue, ensuite il se leve, & va lui tâter le pouls, s'informe du commencement de la maladie, des douleurs & des autres symptômes, & après il écrit son ordonnance sur un morceau de papier, qu'il donne à son compagnon Apoticaire, qui met les drogues en divers cornets, & demande juste la somme qu'il lui faut: pendant qu'il pese les drogues, le Médecin prescrit le régime sur un autre morceau de papier, & donne sa bénédiction au malade, en lui disant : *Koda chafa Mideed*; ce qui signifie, *c'est Dieu qui donne la santé*; l'on donne alors quelquefois cinq ou six sols au Médecin pour son ordonnance, mais il ne demande jamais rien pour cela, parceque son paiement se trouve dans la vente des dro-

excellente, dis-je à mon pere ;
avec quelques principes, beaucoup de babil chez de certaines
gens, & de la hardieſſe, l'on fait
aſſez ſouvent fortune ; ſi l'on commet des fautes, la terre les couvre, & pour une perſonne que
l'on regrette véritablement, &
dont l'impéritie du Médecin a
quelquefois avancé les jours, il
y en a mille que leurs héritiers

---

gues de ſa Boutique, dont chacun fait les pré-
parations chez ſoi, ſur tout les pauvres gens
& les gens du commun. A l'égard de ceux qui
ſont riches, ils font venir le Médecin chez
eux ; & les plus fameux dans cette profeſſion,
ſe font payer pour la premiere viſite, environ
quarante-cinq ſols de notre monnoie, & la
moitié pour les autres Les Médecins qui ont
des Etudians en Médecine, les tiennent près
d'eux dans leurs Boutiques, leur donnant à lire
ſeulement leurs ordonnances. Les Orientaux,
& ſur-tout les Perſans, ſe font ſaigner beaucoup
moins que nous ; cependant ils en font ſi peu
de cas, qu'ils ſe font faire ces opérations de
leur ſimple ordonnance, & ſouvent même dans
la rue & tout debout.
Voyez les Voyages de Chardin, Tom. 5. fol.
293 & 294 ; ceux de Thevenot, T. 3. fol. 131.

enterrent avec joie, & qui loin
d'être fâchés de leur mort, bé-
niſſent la main qui les a conduits
au tombeau. J'étudiai donc la
Médecine, ſuivant l'uſage de
l'Orient, c'eſt-à-dire, que je lus
les Ordonnances du Médecin,
dont j'étois, pour ainſi dire, l'ap-
prentif ; & comme fort mal-à-
propos, je n'étois pas prévenu
qu'il y fallût beaucoup de capacité, j'avoue que je ne donnai
pas à cette étude toute l'appli-
cation que Rhaſes (a) & Galien

_____

(a) *Rhaſes*, ou *Rhaſis*, eſt le ſurnom de
Mohammed ben Zakaria, natif de la Ville
de Rei, dans l'Iraque Perſienne. Il s'adonna,
dans ſon jeune âge, entierement à la muſique,
mais quand il eut atteint l'âge viril, conſi-
dérant que ce qu'il apprenoit n'étoit que chan-
ſons & n'apportoit aucun profit, il étudia en
Médecine, & y réuſſit ſi parfaitement, qu'à
l'âge de quarante ans, il fut eſtimé le plus habile
de ſon ſiecle dans cette profeſſion. Il eut outre
ce, la réputation d'exceller dans la Chymie &
dans l'Aſtronomie ; cependant un de ſes envieux lui reprocha qu'il n'étoit ni bon Chymiſ-

exigent de ceux qui veulent embraſſer cette profeſſion ; cependant à peine eus-je été reconnu Médecin, que je m'imaginai qu'il n'y avoit preſque perſonne qui m'égalât dans cet Art : fier de mon peu de capacité, je devins d'une hauteur extrême avec mes égaux[1], inſupportable avec mes inférieurs ; mais ſouple & rampant avec les perſonnes d'une condition relevée. Avec ces heureuſes diſpoſitions, je crus que

———————————————————————

te, parcequ'il étoit pauvre, ni bon Médecin, parcequ'il n'avoit pas pu conſerver ſa vue qu'il avoit perdue, ni bon Aſtronôme, parcequ'il n'avoit pas prévu pluſieurs accidens fâcheux qui lui étoient arrivés. Il mourut l'an 310 de l'Hegire. *Biblioth. Orient. fol.* 712.

A l'égard de Galien, il étoit de Bergame, vivoit dans le ſecond ſiecle ſous l'Empire de Marc-Antonin le Philoſophe. Il ſortit de Rome l'an 137 de J. C. pour aller en Aſie : c'étoit un homme incomparable, grand Philoſophe, & qui ſavoit parfaitement la Médecine. Il mourut, ſelon quelques-uns, âgé de 70 ans ; ſelon d'autres, de 140.

j'étois né pour faire une brillante
fortune à la Cour ; je me hâtai
donc d'y chercher un Protecteur ;
& comme mon pere , qui étoit
un bon homme & d'un efprit
affez borné, ajoutoit foi à toutes
les louanges que je me donnois ,
& même trouvoit quelquefois
que j'étois trop modefte fur cette
matiere , il reçut volontiers la
propofition que je lui fis, de faire
un préfent de deux cens pieces
d'or au fils de Mamhoud , Favori du Sultan de Chitor , pour
me bien mettre dans l'efprit de
fon pere ; ce jeune homme ,
moyennant cette fomme que je
lui donnai en plufieurs fois, ne
ceffoit de faire mon éloge ; il
parloit à tout moment fi avanta-
geufement de moi, & racontoit
fur mon compte des cures fi merveilleufes & qu'il imaginoit ,
que Mamhoud à force d'entendre vanter à fon Fils le nom d'A-

boul-Affam, (c'eft ainfi que je
m'appelle) eut la curiofité de vouloir me voir. Le jeune homme à
qui j'allois faire ma cour tous les
matins , m'apprit cette nouvelle,
dont je reffentis une extrême
joie , & m'ayant conduit dans
le Cabinet de Mamhoud , j'eus
le bonheur de l'éblouir par mes
difcours & de lui plaire ; depuis
ce moment, il n'y eut point de
foupleffe que je ne fiffe pour
me mettre le plus avant qu'il me
fut poffible dans fes bonnes graces , & ayant guéri , peut - être
même par hafard , quelques-uns
de fes efclaves, le fils exalta fi
fort ces guérifons, & me mit
par-là dans une fi haute réputation auprès de Mamhoud , que
le premier Médecin du Roi étant
venu à mourir , le Favori me fit
avoir cette place , quoique je
n'euffe pas encore trente ans. J'a-
voue que la cervelle penfa me

tourner, quand je me vis élevé
à un poste si éclatant; je regardai
dès ce moment toute la terre au-
deſſous de moi, & loin de me faire des amis à la Cour, j'y eus des
manieres ſi mépriſantes pour tout
le monde, qu'il n'y eut perſonne
à qui je ne devinſſe odieux. Je le
ſavois bien, mais je n'en faiſois
que rire; j'avois l'oreille du Favori, le Sultan m'écoutoit avec
plaiſir, & avoit beaucoup de bonté pour moi: j'étois craint de tous
ceux qui l'approchoient, & ce qui
augmentoit encore ma fierté, c'é-
toit la baſſeſſe (je le puis dire à
préſent) avec laquelle preſque
tous les Officiers du Prince me
faiſoient la cour.

XVII. SOIRÉE.

Suite de l'histoire d' Aboul-Assam, Aveugle de Chitor.

En qualité de premier Médecin, j'avois inspection fur tous ceux du Royaume : il n'en mouroit pas un que je n'euſſe droit d'examiner ſes papiers, & s'il s'y trouvoit quelque Manuſcrit curieux, on le portoit auſſitôt par mon ordre dans la Bibliotheque du Sultan. Un jour que j'étois chez un de mes Confreres qui étoit mort de débauche, j'y vis un Traité qui étoit à peine achevé, & qui me parut très ſavant ; il avoit pour titre : *Des Maladies des Animaux, & de leurs Remedes.* J'y lus à l'ouverture, des choſes ſi ſingulieres & ſi ſavantes, que réſolu de m'attribuer la

gloire de cet Ouvrage, je le mis
dans ma poche, & ne jugeai pas
à propos de l'envoyer à la Bibliotheque Royale. Après l'avoir
exactement transcrit, j'en jettai
au feu les brouillons & l'Origi-
nal ; je presentai au Sultan celui que j'avois écrit, comme
étant de ma composition ; & ce
Monarque en ayant fait la lecture avec beaucoup de satisfaction, me fit donner dix mille
pieces d'or pour mon travail.
Une récompense aussi considérable ayant fait souhaiter à chacun
de voir un Ouvrage aussi bien
payé, j'en fis faire plusieurs co-
pies que je fis vendre très cher,
& les louanges que j'en reçus de
toutes parts, acheverent de me
renverser entierement l'esprit.
Enflé d'un succès dont je méri-
tois si peu la gloire, je ne tou-
chois pas à terre. Mais que ma
vanité & ma faveur durerent bien

peu de tems ! Je croyois être
en droit de posséder seul après
Mamhoud, les bonnes graces du
Sultan, cependant j'eus bientôt
un rival redoutable, qui fut la
cause de ma perte, & vous ne
devineriez jamais quel il pouvoit
être ? Une Maîtresse du Sultan,
à laquelle vous eûtes peut-être le
malheur de déplaire, dit Albaert.
Nullement, répondit Aboul-Affam ; ce fut un Singe. Un Singe !
s'écrierent les Sultanes. Oui,
Mesdames, continua-t-il, un
Singe : mais il faut avant que
de vous faire le récit de ma disgrace, que je vous raconte l'Histoire de cet animal. Il appartenoit
à un Artifan, qui demeuroit à
l'extrêmité des Fauxbourgs de
Chitor, & lui servoit, pour ainsi
dire, de domestique. Cet homme
n'ayant ni femme ni enfans, comme il y avoit une grande quan-
tité d'oiseaux de proie dans le

quartier , & que les cheminées
étoient fort larges & si basses ,
que pour peu qu'on n'y eût pas
une extrême attention , ils s'intro-
duisoient par cet endroit dans les
maisons , & enlevoient tout ce
qui pouvoit leur convenir ; le
maître du Singe ne manquoit jamais , lorsqu'il sortoit , de le mettre au coin du feu , pour empêcher que les oiseaux ne lui déro-
bassent quelque chose. Un jour
qu'après avoir mis dans son pot
un bon morceau de mouton &
du ris , cet homme étoit allé à
la Ville , où il étoit resté plus
long-tems qu'il ne croyoit ; le
pot ayant trop bouilli , & le feu
s'étant éteint , un Vautour qui
étoit aux aguets sur le haut de la
cheminée , entra dans la chambre , pendant que le Singe , las
de veiller , s'étoit endormi ; il
renversa le pot , & emporta la
viande qui étoit presque froide ;

le Singe réveillé par le bruit qu'a-
voit fait l'oiſeau, parut au déſeſpoir de s'être laiſſé ſurprendre,
& raiſonnant en lui-même ſur le
mauvais traitement que ſon maître lui feroit à ſon retour, il chercha à l'éviter par une ruſe à laquelle il ſeroit difficile d'ajouter
foi, ſi ce n'étoit pas un fait certain. Pour cet effet, regardant
triſtement en haut, & appercevant encore pluſieurs Vautours
qui cherchoient une nouvelle
proie, il remit le pot dans la
cheminée où il n'y avoit plus
de feu, & s'y plaça de maniere,
que tournant en haut ſes feſſes
pelées, il ne douta point que
quelqu'un de ces oiſeaux ne les
prît pour un morceau de viande.
En effet, un des Vautours trompé par l'apparence, ayant fondu
ſur le pot, le Singe qui le vit venir ſe retourna ſi ſubtilement,
qu'il le ſaiſit, lui tordit le col,

& après l'avoir plumé, il le mit
à la place de la viande qui lui
avoit été emportée. L'Artisan revenu de la Ville, ne trouvant
point son dîné, & voyant l'oi-
seau à la place, regarda le Singe
avec colere ; mais cet animal s'é-
tant mis à faire cinq ou six gam-
bades, tira le Vautour du pot ;
& après avoir expliqué à son maître par des scenes muettes, de
quelle maniere il avoit été surpris par un de ces oiseaux, il se
mit dedans le pot, & montra par
ses gestes la maniere dont il avoit
attrapé le Vautour qui l'avoit
dérobé. La façon avec laquelle
le Singe exprima son aventure,
ayant calmé son maître, lui fit
faire de grands éclats de rire, qui
attirerent chez lui plusieurs de
ses voisins ; & cette aventure co-
mique répandue dans Chitor,
étant parvenue jusqu'aux oreilles
du Sultan, il fut curieux de voir

un Singe qui avoit autant d'efprit ; l'Artifan le lui apporta , &
lui ayant fait faire plufieurs exercices plus finguliers les uns que
les autres , cet Animal plût tellement au Monarque de Chitor ,
qu'il le lui paya tout ce qu'il en
voulut avoir. Enfin le Sultan s'y
attacha de maniere qu'il ne pouvoit être un moment fans l'avoir
à fes côtés , & que pour être bien
venu de ce Prince , il falloit avoir
prefque autant de refpect pour
fon Singe que pour lui. Quelle
foibleffe! difois-je en moi-même,
quoi! pour me conferver les bonnes graces de mon maître , il faut
que je faffe la cour à un Singe ;
ah ! c'eft trop m'avilir : mais
faifant enfuite réflexion fur l'extrême envie que j'avois de faire
une fortune brillante , & fur l'e-
xemple que me donnoient les
autres Courtifans : adorons donc
l'idole , m'écriois-je , & rendons-

lui autant de devoirs qu'à une créature raisonnable. Ma résolution étant une fois bien prise, il n'y eut point d'attention que je n'eusse pour cet animal, & quoique je ne l'aimasse en aucune manière, je l'accablai de caresses. Il sembloit que le maudit Singe connût qu'au fond du cœur je le haïssois; quelqu'amitié que je lui témoignasse, je ne pus jamais gagner la sienne; au contraire, il n'y avoit point de malice qu'il ne s'attachât à me faire; il me pinçoit le nez, me tiroit les oreilles, m'arrachoit la barbe, me jettoit à tout moment mon turban par terre, & cela réjouissoit tellement le Sultan, qu'il en rioit souvent aux larmes; si ces scenes se fussent passées en secret, je les aurois supportées avec moins d'impatience; mais comme la plûpart du tems elles étoient publiques, & que cet animal s'attaquoit

taquoit toujours à moi, j'en eus le plus vif ressentiment, sans oser pourtant le témoigner, & je sentois à chaque instant ma vanité bien humiliée par les mortifications que j'en recevois en présence de toute la Cour.

Il y avoit plus d'un an que je souffrois toutes ces avanies, lorsque le Sultan ayant été plusieurs jours de suite à la chasse, à laquelle il menoit toujours son Singe, cet animal au retour tomba malade, d'une espece de dyssenterie très violente. Le Sultan allarmé, assembla aussi-tôt tous ses Médecins pour consulter sur sa maladie; mais eux indignés qu'on les eût fait appeller pour cela, & profitant de la mauvaise volonté qu'ils avoient conçue contre moi & que je m'étois attirée par trop de hauteur, ne laisserent pas échapper le moyen de s'en venger : Seigneur, dit l'un d'eux

Tome I. E e

au Sultan, nous avons borné toute notre science à chercher des remedes pour les maladies des hommes, le seul Aboul-Assam, plus capable que nous tous ensemble, a joint à ces connoissances, celles des animaux dont il a fait une étude particuliere : le traité qu'il assure être de sa composition, & qu'il a présenté à votre majesté en fait foi ; c'est donc à lui, Seigneur, à apporter du soulagement au Singe qu'elle aime avec tant de justice, puisqu'elle a nombre de ses sujets qui font doués de moins de raison que lui.

Je sentis toute la malignité de ce discours, & j'y fus d'autant plus sensible que quelques jours auparavant, l'on avoit dit dans une assemblée de Savans, que je n'étois pas l'Auteur du Traité des Animaux; qu'il y avoit toute apparence que je l'avois pris après

la mort de quelqu'un de mes confreres, & même il y eut un homme qui affura avoir vu & lu quelques fragmens de ce Livre, il y
avoit plus de deux ans chez le Médecin en queftion.

Le Sultan qui ne fe fouve-
noit prefque plus de ce Livre,
fit un cri de joie en ce moment.
Aboul-Affam, me dit-il, j'avois
oublié que tu es véritablement
le feul capable de guérir mon
Singe, mets donc en œuvre les
talens que ton travail a pu te
donner, & fi tu veux conferver
le pofte où je t'ai élevé, donne-
moi en cette occafion des preu-
ves de ta capacité, & de la bonté des remedes que tu vantes fi
fort dans ton Livre ; enfuite fans
attendre ma réponfe, il congé-
dia les Médecins, & m'ayant fait
paffer dans la chambre où étoit
cet animal, l'on me donna deux
efclaves pour me fervir, & pour

exécuter ponctuellement tout ce
que j'ordonnerois pour sa guérison.

XVIII. SOIRÉE.

Suite de l'Histoire d'Aboul-Assam, Aveugle de Chitor.

JAMAIS homme n'a été si
embarrassé que je le fus alors ;
comme je n'avois fait que copier
le Traité des Maladies des Animaux, & que je n'avois pas même daigné le relire , je ne sa-
vois où trouver les remedes qu'il
falloit employer pour le Singe;
je le parcourus d'un bout à l'autre, & n'y ayant rien trouvé qui
me satisfît , je me résolus de traiter le Singe , comme j'aurois fait
un enfant ; je lui donnai donc les
drogues les plus convenables ;
mais loin de le soulager , elles ne

firent qu'irriter son mal, & j'eus
la douleur en le voyant mourir
le troisieme jour, de trouver le
Sultan si irrité contre moi, qu'il
me défendit de paroître en sa présence. Pénétré de l'affliction la
plus vive, je fis alors mille réflexions plus mortifiantes les unes
que les autres. Rendons-nous
pour un moment justice, m'é-
criai-je alors, quel mérite avois-
je pour prétendre à la place que
j'occupe, & après l'avoir obtenue, pour m'y enorgueillir comme j'ai fait ? Ah ! je ne dois la
haute faveur du Sultan qu'aux
recommandations de Mamhoud,
& non à ma capacité ; mais aussi
devois-je la perdre pour un sujet
aussi leger que celui de la mort
d'un Singe, & suis-je obligé de
faire des miracles en faveur de
cet animal ? Pendant que je faisois ces belles réflexions, il s'é-
levoit un second orage contre

moi beaucoup plus à craindre que
le premier ; mes ennemis infinue-
rent au Sultan, que pour me venger des outrages que j'avois reçus
fi fouvent de fon Singe, je pouvois bien l'avoir empoifonné, &
que la chofe étoit facile à connoître. Le Sultan déférant aux
confeils de ces envieux, fit ouvrir le Singe, & les Médecins
y ayant trouvé, à ce qu'ils dirent, des marques certaines de
poifon, on me vint arrêter au moment que j'y penfois le moins,
& après m'avoir chargé de fers,
on me jetta au fond d'un cachot.
J'avoue que toute ma fermeté
m'abandonna en ce moment ; je
ne pus envifager fans horreur la
difgrace du Sultan, & la mort
à laquelle je vis bien que l'on me
deftinoit ; j'obtins feulement du
Concierge de la Prifon, la permiffion d'écrire au Sultan ; je le fis
dans des termes qui auroient at-

tendri le cœur le plus barbare, je
l'affurai de mon innocence, & lui
répréfentai qu'il falloit que le
Singe qui l'avoit fuivi à la chaffe,
eût mangé fur les arbres fur lefquels il avoit monté, quelques
graines ou quelques fruits empoi-
fonnés (s'il étoit bien vrai qu'il fût
mort de cette maladie). Ma lettre
ne produifit aucun effet, tous mes
biens furent confifqués, & je fus
condamné à avoir la tête tran-
chée.

Mon pere ayant appris cet arrêt, courut fe jetter aux pieds du
Sultan ; il n'en obtint rien, & la
dureté de ce Monarque lui fut fi
fenfible, qu'étant rentré chez lui
il en mourut de douleur ; je m'é-
vanouis à cette nouvelle & à celle de mon arrêt, dont le Concierge de la prifon m'inftruifit
affez indifcrettement, & je ne
compris qu'alors combien il eft
néceffaire quand on eft en place,

de se faire des amis & des créatures, en apprenant que non-seulement qui que ce soit, excepté mon pere, n'avoit parlé en ma
faveur, mais même que tout le
monde approuvoit l'injustice que
le Roi commettoit à mon égard.
L'on peut juger de quelle maniere je passai la nuit qui précéda
le jour auquel je devois perdre la
vie ; j'étois dans une agitation des
plus cruelles, lorsque j'entendis
ouvrir la porte de ma prison, &
que je vis devant moi une personne de seize ans au plus, mais
qui ne me parut nullement jolie :
Je suis fille du Concierge, dit-
elle, j'ai conçu de l'amour pour
vous, si vous voulez m'épouser,
votre liberté est à ce prix. Quelque difformité que je trouvasse
dans cette fille, je n'hésitai point
à lui donner ma foi sous les sermens les plus affreux ; je sortis
donc avec elle de mon cachot,

&

& profitant de la bonne volonté
de ma femme qui avoit eu la précaution de se munir d'un habit
d'homme , & de s'emparer de
deux cens pieces d'or, nous sortîmes de la Ville , & après avoir
marché jour & nuit d'abord à
pied , & ensuite sur des chevaux
que nous achetâmes , nous arrivâmes à Golconde (*a*). Je commençai à respirer , quand je me
vis tout-à-fait hors des Etats du
Sultan de Chitor , mais aussi je
commençai dès ce moment à ne
plus regarder, mon épouse qu'a-
vec une espece d'horreur ; elle
s'apperçut bien-tôt de l'extrême
répugnance avec laquelle je recevois ses caresses ; & n'attendant pas de moi un pareil procédé , après le service qu'elle m'a-

_____

(*a*) *Golconde*. Ville grande & belle où réside
le Sultan de ce Royaume, situé entre l'Empire du
Mogol, celui de Decan & de Bisnagar, est très
recommandée par ses mines de diamans.

voit rendu , & le péril évident où
elle ne doutoit point qu'elle n'eût
exposé son pere par notre fuite,
elle en ressentit un si violent chagrin , que soit que ce fussent ces
réflexions , ou la douleur qu'elle
conçut de mon peu d'attention
pour elle , qui agitassent son esprit , elle en tomba dangereuse-
ment malade ; & après m'avoir fait
les reproches les plus sanglans , elle
mourut dans un désespoir qui auroit
touché tout autre que moi.

Quelque obligation que je lui
eusse, le chagrin que je ressentis
de sa perte ne fut pas de longue
durée , & je compris en ce moment qu'il est aisé de se consoler
de la mort d'une laide femme , &
que l'on n'aime pas.

Il ne me restoit plus que cent
pieces d'or ; je craignois d'en
voir bien-tôt la fin , & de ne
savoir que devenir ; car je n'avois
nulle envie de reprendre une pro-

fession qui m'avoit été si préjudicia-
ble, lorsque le hasard me produi-
sit une occasion bien singuliere de
me faire connoître du Sultan de
Golconde. Ce Monarque, ainsi
qu'il lui arrivoit souvent, alloit se
promener avec ses femmes ; il avoit
envoyé avertir de sa marche dans
tous les Villages par où il devoit
passer ; chacun s'étoit écarté de sa
route ; il n'étoit resté dans toutes
les maisons que des femmes ; & les
Paysans qui savoient qu'il y alloit
de leur vie (*a*), s'étoient retirés
à plus d'une lieue, lorsque je fus

(*a*) Dans l'Orient, lorsque les femmes du
Sérail sortent, ce qui arrive plus souvent pour
l'ordinaire, de nuit que de jour, l'on annonce
leur sortie, & il faut que chacun s'éloigne de
l'endroit où elles doivent passer, sous peine de
la vie ; cela s'appelle *Courouc*, c'est à-dire en
Turc, *défense*, *abstinence*. Il y a dans le sixieme
volume des Voyages de Chardin, un Chapitre
entier qui contient le *Courouc*, & dans lequel
on peut voir combien il est severe, principalement en Perse.

aſſez malheureux d'être rencontré
par les avant-coureurs du Sultan ;
comme je n'avois pas été inſtruit
de cette promenade, après avoir
marché quelques heures à pied, je
dormois profondément ſur un tapis que je portois aſſez ſouvent avec
moi, lorſque je me ſentis rouler
dans mon tapis ; je me réveillai
bruſquement, je me développai le
plus promptement qu'il me fût poſſible ; & comprenant que l'on alloit m'enterrer tout vif, comme je
ſavois que cela étoit arrivé plus
d'une fois en pareille occaſion, je
réſolus de vendre cherement ma
vie ; je mis donc le ſabre à la
main contre trois hommes qui m'at-
taquerent à deſſein de ne me pas
épargner, j'en avois déja mis un
hors de défenſe, & bleſſé le ſecond aſſez dangereuſement, lorſque le Sultan, accompagné de
ſes femmes, arriva ſur le lieu du
combat ; comme je ne pouvois

éviter la mort que par le redou-
blement de la valeur , & par beaucoup de préfence d'efprit , je fis
voler la tête à celui que j'avois déja
bleffé , & ayant abattu le bras du
troifieme , je réfolus de contrefaire
l'infenfé (a) , fachant que c'étoit le
feul moyen d'empêcher que le Sultan ne me fît hacher en pieces ;
pour cet effet , je me mis alors à
danfer de toutes mes forces , & à
chanter à pleine tête la victoire que
je venois de remporter. Il eft vrai
que les vers n'en étoient pas bien
réguliers : mais quand j'aurois été
un bon Poète , la fituation dans
laquelle je me trouvois , ne m'auroit pas permis de les faire meil-
leurs , & ce fut cette circonftance
qui fit croire au Sultan que j'étois
véritablement fou ; ainfi loin d'ordonner ma mort , il me fit appro-

---

(a) Les Infenfés , dans l'Orient , font refpectés
& regardés comme des Saints.

F f iij

cher de lui , & m'ayant demandé
qui j'étois : Tu vois , lui dis-je ,
devant toi le Roi de Mouſcham,
l'illuſtre (a) Dambac, qui com-
mande aux Gardiens du tombeau
du Sultan Adam ; c'eſt en ce lieu
qu'il fût enterré , & je viens de
faire paſſer ſous le tranchant de
mon ſabre ces trois mauvais génies,
qui vouloient m'enlever ſon corps,
qui eſt couvert de ce'tapis.

Le Sultan de Golconde ne put

(a) *Dambac* , eſt le nom d'un Roi qui regnoit
dans le tems fabuleux des Orientaux ; ce tems
eſt celui qui a précédé la création d'Adam ; ce
Dambac, ſelon eux , commandoit à des peuples
qui avoient la tête platte , & qui habitoient dans
l'Iſle de Mouſcham, qui eſt une des Maldives,
& lorſqu'Adam vint s'établir dans l'Iſle de Se-
rendib, qui eſt celle de Ceilan, ils lui furent
ſoumis , & eurent la garde de ſon tombeau
après ſa mort ; ils n'y veilloient que de jour,
& les Lions y faiſoient la garde pendant la nuit,
de crainte que les Dives ou mauvais génies,
ennemis d'Adam & de ſa poſtérité, ne l'enle-
vaſſent.
Extrait d'un Livre intitulé Houſchen Na-
meh , qui eſt dans le Cabinet du Grand Duc.

s'empêcher de rire de ma réponse ;
& persuadé que j'avois l'esprit entierement aliéné, il voulut se donner le plaisir de se prêter à mes extravagances : Grand Héros, me
dit-il, je vous félicite du succès
de votre combat, & je doute fort
qu'il y ait déformais aucuns Dives (a) assez hardis pour oser s'attaquer à vous, après la victoire que
vous venez de remporter sur leurs
Chefs. Venez donc avec moi, jouir
d'un repos qui vous est dû, & lais-
sez à vos Sujets le soin de veiller au
Sépulcre du Sultan Adam, l'on
vous rendra dans ma Cour tous
les honneurs qui sont dûs à votre
Majesté. Je fus si charmé de voir
que ma ruse avoit un heureux succès, que je continuai à faire mille
folies en présence de ce Monarque,
pour le confirmer encore plus dans

_____

(a) *Dives.* Ce sont de mauvais génies, ennemis jurés des Peris.

l'idée qu'il avoit conçue de moi,
& elles parurent lui faire tant de
plaisir & à ses femmes, que j'entendois rire dans leur Cagiavat,
que m'ayant fait donner un cheval, il me pria de vouloir bien l'ac-
compagner ; mais cependant il ordonna à ses Eunuques d'avoir toujours l'œil sur moi.

Comme il y alloit de ma vie de
bien soutenir mon personnage,
vous devez juger que je fis mon
possible pour convaincre le Sultan
que j'avois le cerveau très ébranlé ;
je n'affectai pas un seul genre de
folie, je crus qu'il m'étoit plus aisé
de les parcourir tous, & mêlant de
tems en tems des conversations
très sensées, parmi des discours qui
étoient tout-à-fait hors de propos, je passai, dans l'esprit de ce
Monarque, pour le fou le plus gai
& le plus plaisant qu'il eût vu de
sa vie.

Jamais je n'ai eu plus de satis-

faction que dans cet état : comme
je paroissois sans conséquence, le
Sultan, que je ne quittois presque
jamais que quand il entroit dans
l'appartement le plus secret du Sérail, ne se défioit pas de moi, &
j'avois le plaisir de l'entendre dis-
courir avec ses Visirs, des affaires
les plus secrettes de son Royaume.
Un jour que dans l'intérieur du Palais, il donnoit une espece de Fête
à la Sultane favorite, il crut qu'elle
ne seroit pas complette, si je n'en
étois pas ; & quoique l'on n'ad-
mette presque jamais les hommes
dans cet endroit, comme les in-
sensés sont en vénération, il ne crut
pas faire grand mal de permettre
que j'y fusse introduit. Je vous
avoue, Mesdames, que je fus ébloui
à la vue de tant de magnificence ;
le Sultan couvert des plus belles
pierreries du monde, étoit assis
sur un trône d'or à côté de la Sultane favorite ; derriere lui étoient

rangés douze petits Eunuques blancs de dix ans au plus, mais les plus beaux enfans que l'on pût voir : ils sembloient des statues de marbre, tant ils étoient immobiles, ayant les mains sur l'estomac, la tête droite, & les yeux fixes : plus loin l'on voyoit trente grands Eunuques noirs, avec des sabres nuds garnis d'or & de pierreries : à sa droite, son premier Chambellan portoit à sa ceinture un petit coffre d'or, plein de mouchoirs & de parfums, pour présenter au Roi au moindre signe : & à sa gauche, outre le Sur-Intendant de ses menus plaisirs, paroissoient toutes les filles, qui, dans le Sérail, étoient revêtues des mêmes titres que les Officiers du dehors, chacune d'elles caractérisée par les marques des fonctions de leurs Charges; & toutes les autres Sultanes étoient aux pieds du Souverain de Golconde, assises sur des tapis de brocard d'or.

Après que le Sur-Intendant eût donné le signal, la musique commença ; les Danseuses suivirent , & après un repas des plus superbes, dans lequel fut servi dans de grandes porcelaines ou dans des jattes d'or , tout ce qui pouvoit exciter l'appétit, & qu'ensuite on eût présenté le Sorbet, l'on fit recommencer à danser, & les filles destinées à cet exercice, représenterent par leurs danses & par leurs chants toutes les passions que l'amour inspire ; mais avec tant de vérité , que le Sultan , pour leur en marquer sa satisfaction , fit donner à leur Directrice trois mille pieces d'or.

La fête alloit finir , lorsque la Favorite se penchant vers l'oreille du Sultan , lui parla bas pendant quelques momens. Il regarda alors une jeune esclave qui étoit aux pieds de la Sultane , & qu'il connoissoit pour être d'une humeur très plaisante , & lui ayant ordonné

de m'agacer, cette fille quitta sa
place, & me vint prendre par la
main. Comme j'étois attentif au
moindre mouvement des yeux du
Monarque, je compris d'abord ses
intentions, je m'y prêtai aussi tôt,
& de telle maniere, que je jouai
avec cette fille une scene d'autant
plus vive & plus naturelle, que la
trouvant jolie, j'en devins dès le
moment très amoureux. Il est impossible de bien représenter tout ce
que nous nous dîmes : qu'il vous
suffise, Mesdames, de savoir que
la scene fut poussée si loin, que le
Sultan voulant se donner le plaisir
entier, résolut de nous marier sur le
champ.

Fin du Tome premier.

www.ingramcontent.com/pod-product-compliance
Lightning Source LLC
Chambersburg PA
CBHW070310030726
47505CB00004B/962